KB240224

김남용 시인 제4시집

서른

김남용 시인

1972년 진도 임회 탑리 출생
1999년 지용신인문학상 당선
　　　　　진주신문 가을문예 당선
2000년 수주문학상 대상
시집 『시의 유서』
　　　『사랑마실』
　　　『등대지기 행방을 수소문하다』

진도신문 발행인
임회민속놀이전수관장
진도문화예술연구회장
진도소포걸군농악 전승교육사

김남용 시인 제4시집
서 른

초판 인쇄일 2025년 12월 31일
초판 발행일 2025년 12월 31일

펴낸곳 I 도서출판 그림책
펴낸이 I 장문정
지은이 I 김남용
디자인 I 이정순 / 정해경
주 소 I 경기도 수원시 영통구 이의동 웰빙타운로 70
전 화 I 070-4105-8439
E - mail I khbang21@naver.com
표지디자인 I 토마토

이 책은 2025년 예술활동준비금지원사업으로 출간하였습니다.

김남용 시인 제4시집

서른

시
편
을
다
시
묶
으
며

다시 유서를 쓰겠다
시를 쓰면서부터 나는
유서를 장식할 자모들을
나의 동굴 속에 수집해 왔을 거다
하지만 지금 나는 목마르다
시어들은 떨어진 꽃잎처럼
오그라들며 타다, 타고 있다
적멸(寂滅)의 날,
나는 고단한 호흡을 그치고
시의 유서를 쓰겠다

시의 유서는 도피를 위한
변명 따위일 수 없다
부르르 몸을 치떠는
내 의식의 흰 살갗엔
붉은 핏자국 선명하다
고갈된 자유를 되찾으려는 몸부림
아프다, 상처 없이 아프다
유서 쓰기를 멈추는 시간이 오면
나의 영혼은 풀씨가 되겠다
그리고 섬과 섬 사이에서
불어온 소금바람에
아무도 몰래 날리겠다

김남용 시인 제4시집

서른

차례

시편을 묶으며…4

둘·꽃잎갈피

셋 · 전각(篆刻)

다섯·전각 비암호(非暗號)

하나

망원거울

나의 망막을 투사하는 거울
가까이 다가설수록
인생의 뒤안길과 하늘 너머
무감(無感)의 세계가
내게로 달려오며
먼 미래를 반사하는

톱니바퀴 Ⅰ

나는 고이고 있다
시간은 소용돌이처럼 제자리를 맴돌다
젖은 도화지 같은 기억들을
구멍 속으로 빨아들인다
낙엽 무덤 속에서 쿨룩거리는 이파리 하나를
주워들어 푸르스름한 가을 하늘을 덮는다
벌레 먹은 구멍 사이로 흘러가는 무엇이 있다
시계바늘의 꺾인 숨소리다, 기억한다
쭉쭉 뻗은 시간의 잔가지들이 울창한 숲을 이루고
방향 잃은 새들의 은신처가 된 적이 있었다
그런 때가 내게도 있었지만
나는 흘러야 할 때
미련 없이 흘러가는 법을 몰랐다
푸르기만 한 떡갈나무 이파리 위에 고여든
물방울에도 시계바늘이 돋는 줄 모르는 사이
나보다 먼저 눈뜬 것들은
뒤돌아보지 않고 가을 너머로 떠나버렸다
멀리, 끔찍이 멀리 떠나간 새들의 무리 속에
낯익은 이파리 하나 떠간다
세상 물정 몰라도
고이는 일 없었던 순백의 시절이 멀어져간다

톱니바퀴 II

아침마다 짧은 목에 시계를 졸라맨다
시계는 풀린 태엽을 감듯
나의 하루를 시계방향으로 감는다
나의 발걸음은 작은 톱니가 되고
호흡은 초침을 잘게 쪼개며 다급해진다

나는 비가 내리는 날 거리를 거르며
온몸에 빗살무늬를 물씬 새겨넣고
능소화 줄기에서 흘러내리는 빗물을 받아 마시곤 했다
하지만 첫 직업을 가진 후
거대한 시스템의 부속이 되었음을 알았을 때
나는 처음으로 방수(防水)의 의미를 깨달았다
그리고 우발적인 감흥을
젖은 머리칼처럼 탈탈 말려야만 했다

세상의 모든 불빛이 수면 아래로
잠겨드는 밤을 좋아한 적이 있었다
눈동자에 모아둔 별빛만으로도
삶의 징검다리를 건너는 건 어렵지 않은 날들이었다
그러나 지금 나의 목을 조여오는 시계는
암흑의 시간일수록 더 밝고 정교해진다

마모된 톱니의 동그라미로 살고 싶다
세공된 수갑을 풀고

살갗에 스며드는 촉촉한 별빛의 무늬로 빛나고 싶다

지금 몇 시?

톱니바퀴 Ⅲ

나는 오래된 자명종 시계를 갖고 있다
자명종은 정시에 나를 깨운다
댕그랑 댕그랑
나는 종소리에
눈을 뜨고
기지개를 켜고 아침을 먹는다

그러나 나는 게으름뱅이다

나는 늘 남들보다 늦게 눈을 뜨고
늦게 일을 시작하고 약속 시간을 지키지 못한다
시계바늘이 뒤처져 있다는 걸
고장 난 자명종은 발자국만 되밟아온다는 걸
나는 애써 모른 척한 것일까
나를 조용히 배반하는 것들에 둘러싸인 나
이미 지나간 시간을 째깍거리고 있는 나

사진첩

이 낯선 사람은 누구인가
증인, 나를 증명해 줘요

시가 아득한 곳으로 멀어져 갈 때
나는 먼지 낀 사진첩을 꺼낸다

하늘에서 뇌성이 칠 때마다
나를 증거하는 기억의 파편들이 인화된다
겹겹이 포개진 단절의 벽 사이사이에서
간헐적으로 흘러나오는
그 시절 무채색의 주파수
참을 수 없을 만큼
행복한 표정으로,

자, 찍어요!

증인, 나를 증명해 줘요
인화되지 않은 그 아팠던 순간들은
다 어디로 가버렸나요

검은 머리칼 물들이기

길게 늘어뜨린 생머리가 이렇게 헝클어질 줄은 몰랐어요 아무 것도 기억할 수 없어요 자릿수 높은 숫자들은 어디론가 떠나갔어요 시상이 떠올라 손바닥에 휘갈겨보지만 친구들이 좋아하는 자모들은 금세 녹아버려요 그림책 한 권을 샀어요 페이지를 펼치면 검은 거림들 흘러내려요 바닥에 떨어져 뭉개진 그림 자국들을 왼손으로 쓸다가 물기 없는 머리칼 한 옴큼 집어들었어요 그 중에 흰 머리칼이 떨고 있어요 두려운 생각이 가렵지만 긁을 수 없는 곳인가 봐요 나는 그만 고운 머리칼들을 처형하고 싶어요 까까미장원에 갔어요 손마디처럼 잘려져 미장원 바닥에 깔린 머리칼들이 풍선처럼 부풀고 있어요 꿈이었나 봐요 거울을 봐요 붉은 글씨들이 머리핀처럼 주렁주렁 매달려 있어요 파란 물을 들일 걸 그랬나 봐요 하지만 물들인 건 다행인가 싶어요

푸른 비가 내리기 전까진 난 붉은 글씨로 살아갈래요 그런데 거리에 나서자마자 숨이 멎어요 저기 병원 앞 휠체어에 앉아 책을 읽고 있는 중년의 아저씨 머리에 흰 새가 앉아 있어요

싫어요 오, 나도 머리칼에 예쁜 핀을 꽂고선 시소를 탈래요
몰라요 오, 비 내리면 나의 머리칼도 붓꽃처럼 자라겠지요

기울기

비탈에 선 나무들은 비스듬히 머물러 있다
사선을 오르는 사람들이 균형을 잡으려고
몸을 구부리는 일들로부터
나무는
저만큼
물러서며 거리를 두고 있다
구불구불한 능선이 그려내는 각도와
암석의 진행 방향을 거스르고 있는
나무들
산을 거머쥔 거대한 숲에서 떨어져 나와
위태로운 피뢰침으로 매달려 있다

도시의 오후를 오르다 비탈에 선 사람들
막힌 하늘을 향해 몸을 기울이고
그림자 길어질 때쯤
콘크리트 보도에 내리던 뿌리를 거둔다

슬픈 누드

붉은 루즈가 스며든 살결은 지독하게 보드라운 유혹! 날카롭게 날을 세운 손톱들이 둥글게 부푼 몸을 더듬는다 축축하게 젖어드는 혀끝이 숨겨진 미감을 자극할 때 불쑥 솟아오른 가슴팍을 향해 나는 식욕 오른 칼끝을 꽂는다 토옥, 창백해진 섬유질의 외마디 비명이 들리고, 호흡이 다급해진 나의 손가락들은 비닐막처럼 투명한 둥근 육신의 껍질을 거칠게 벗겨낸다 사각사각 속살이 드러난다, 신물 오른 향기에 나는 홀린다 껍질을 다 벗고 파르르 떨고 있는 과즙덩어리에 타닥타닥 마른 입술을 밀착시키려다 솟구쳐 오르는 분노를 참지 못하고 덥썩 한입 베어문다 남은 살점들을 배고픈 야수처럼 뜯어먹는 내게 껍질을 둘러치고 있는 것들이란 늘 불입문자(不立文字)일 뿐 한 알의 붉은 사과를 깎고 있는 남자의 누드는 슬픔.

신도시

발파 직후,

산동네의 소박한 입담을 받아주던 골목상회 간판이 내려가고 늙은 버드나무 그늘이 드리워진 공터에 부동산중개소가 국립공원의 매표소처럼 들어섰다

민들레 풀씨들은 건축자재를 가득 실은 덤프트럭이 부산하게 드나드는 비포장 도로변에 이방인처럼 널브러져 있었다

야트막한 산들은 깎인 부위에 상처가 나고 부스럼이 생기고 희귀한 피부병을 앓기 시작했다 하늘에 비친 개울은 온통 잿빛이었다

다시 발파,

풀씨들, 끝내 뿌리 내리지 못하고 바람에 묻혀 떠나갔을 것이다 공터에 가까스로 살아남아 있던 늙은 버드나무는 스스로 가지치기를 하고 있다

석회 도시는 상습적으로 엽록소 알레르기를 일으키고 조화(弔花)를 파는 꽃가게가 호황을 맞고 있다 고층 건물 사이사이에서 불빛들은 지친 눈을 끔벅거린다

가슴 답답하던 시절, 산골짜기에 고여드는 적막을 깨던 새

울음, 이젠 지병인 듯 이명(耳鳴)으로 앓고 있다 지금은 내 마음속의 숨 막힌 단절의 벽을 발파해야 할 때,

맺힘,

거꾸로 선 도시의 종유석을 말리던 해
푸석한 먼지 구름 뒤로
천천히 잉태하고 태고의 명상에 몰입한 여인처럼
해는 둥근 몸을 수평선에 기댄다
하늘 처마 끝에 풍경처럼 매달려 부푸는 물방울은
숨 막힌 공기의 입자마저 흡수한다
하늘과 땅 사이에서 마찰을 일으키던
단단한 귀두들의 호흡이 절정에 다다랐을 때
고인 암흑으로 떨어져 내리는 불덩이
부르르 몸을 떨며 증발도 없이 식는다
맺혀 있는 것들의 최후는
비명도 파장도 없는 싱거운 오르가슴
그러나 저물녘의 태양처럼 뜨겁게
맺힐 수 있는 것들은
어둠 저편의 신비로운 해오름을 기억하고
산고(産苦)의 부양을 준비하는 동그란 섬

공전하는 옥상에서

아무런 호흡도 감지되지 않는 사막
수신안테나들은 꺾여지거나 그을려 있다
길 잃은 전파들이
검은 케이블이 쳐 놓은 덫에 걸려들고
더러는 모래바람에 휩쓸려간다
비밀이 발각된 달 표면처럼
옥상엔 토끼 한 마리 뛰놀지 않는다
빨래의 부스럭거림과
뚜껑 열린 장독에서 풍기는
고향의 향취
그리고 밤하늘 아래
가지런히 누운
식구들의 물씬한 미감이 수신되던
광합성의 공간,
지금은 통신두절

밤마다 옥상에 올라
전파 사냥에 집착하는 전설 속 그 남자

관성의 법칙

흐릿하게 살아온 날들,
잿빛 먹구름에 층층으로 얼룩진다
젖은 빗금들이 아스팔트 위로 떨어져 으깨진다
이내 구름 사이에서 태양이 기웃거린다
단단하게 굳었던 모래의 시간 속으로 스며들지 않고
좁다란 웅덩이에 고여 있던 무색 물방울들은
끊어질 듯 말 듯 가느다란 가시광선을 타고
떠나온 길을 거슬러 올라갈 테지

이미 망각의 강으로 흘러들다 수면 아래로 잠겨버린
섬 주위를 표류하던
색색의 물방울들
지금쯤 그리움을 싣고
이국으로 떠나는 화물선을 만나지 않았을까
강물은 거대한 소용돌이를 토해내고,
금방이라도 검푸른 물살에 섞일 것만 같은 나의 영혼은
꿈과 죽음의 경계에서 휴식을 얻을 때까지
잠길 듯 말 듯 위태롭게 흐르고 흐르고.

파아란 전생(前生)으로

산길을 걷다가 뒤돌아보면
지나온 길을 지우며 나무들이 쫓아온다
길모퉁이 바위틈에서 흘러나온
잔여 시간들로 마른 목을 축이며
산짐승처럼 돌아본다

산 너머
파도치는 순간들

모래밭에 돋아난 발자국을
쓸어담는 바다
상처를 지우고 지우다
먼 곳에서 밀려온 조개껍데기들
삶의 가벼운 장신구로 매달리다
염분처럼 바위틈에 고였을까

녹슨 거울 하나 쥐고
능선을 닮은 바다의 경계선을 따라
걸어간다

금지된 길을 목말라하던
파아란 눈빛을 반사하며

중부선

중부선엔 갓길이 없다
주어진 시간의 속도를 추월하는 지역에서
제한속도를 지키는 자들은
고장 난 육신처럼 차선을 이탈하고
방향등 없이 질주하는 삶들은
붉은 중앙선을 따라 직선을 달린다

중부선엔 정지선이 없다
사선에 진입하면 누구나 카레이서가 된다
앞지르고 단축하는 것만이
생존할 수 있는 조건
질주가 끝날 때까지 경쟁자들이
엔진 파열로 낙오하는 광경을
백미러의 우물로 빠트리며 그들은 경계한다
반대 차로에서 마주 달려오는
자신의 우울한 모습을

경주의 끝은 없다
분기점에서
패배를 냉각하던 슬픈 엔진들이
다시 시동을 건다

사은유(死隱喩)의 아침

가래침을 뱉는다 TV 9시 뉴스에서 앵커의 우리말 표준어로 번역되었을 어제의 사건들과 벼룩시장의 수집가들에게나 구미 당길 만한 가십거리들을 구겨 넣은 조간 신문이 병 조각이 촘촘히 박힌 붉은 벽돌 담을 넘어온다 혹시 새벽의 빈 위장을 채울 만한 사건이 보도되지 않았나 기대하며 현관문을 여는 나는 훌쭉한 나체다 아직은 기관원들의 기침 소리 들리지 않는다 도대체 도시는 몇 알의 수면제를 집어삼켰을까 광고전단이 흘러내리는 신문을 들고 방으로 들어오는 내 손에는 어김없이 500ml DHA 우유가 들려 있다 건강한 우유, 신선한 하루! 내일은 해가 뜬다 해가 뜬다 우유 한 모금을 CF모델처럼 들이키며 세상을 펼친다

앞서가는 시대정신을 외치는 붉은 머리띠의 무리와 절대 안정을 희구하는 늙은 몽니들이 나란히 구독률을 좇아가는 아침, 암울했던 지난 밤 누군가 이미 뱉어버린 아침이 오늘도 누런 이를 드러내며 미필적고의의 검열받지 못한 희망을 표절하고 있다, 아침엔

통화이탈권

사막으로 향하는 터널 속을 걸어간다

나는 암흑에 밀착하는 질감이 좋다
어둠은 나의 영혼을 주무르며 신음하는 것 같다
나는 단지 어둠의 포로일까
터널 중심부에 이르렀을 때
미세한 불빛이 어둠에 쫓기다
하얀 숯으로 굳어지고 있다

터널 천장에 설치된 정화구에서
일억만 년 전의 낙타 뼈와 도구적 유인원이 사용했을
쇠붙이들이 섞인 모래 바람이 쏟아져 내린다
사막이 가까워지고 있다
사막으로 들어서는 길목에는
유인원의 사체들이 나뒹굴고 있다
나는 긴 숨을 들이켜고
팽창하는 심장에서 묵은 피를 닦아낸다
혈관을 막고 있던
상형문자와 흡사한 벌레들이 꿈틀거리다
몸 밖으로 튀어나온다
터널의 끝,

백골의 시원(始原)이 저기 보인다

인류의 한 무리를 태운 낙타들이 모래 언덕을 넘어가고 있었고, 나는 그들이 남긴 발자국을 따라가다 사막에서 가장 높은 모래언덕에 올라 답을 먼저 구했다 그래야만 인류의 한 종족으로서 내게 주어진 물음이 무엇인지 알 수 있을 것 같았다 그러나 언덕은 순식간에 무너져 평지로부터 함몰되었고 뜨거운 태양이 내 그림자를 태우기 시작했다, 나는 백골을 향해 구조신호를 보냈다

그러나 긴 꿈의 터널 속에서
백골이 보낸 신호를 수신 거부했던 것처럼
나의 전파들은 모래 바람 속에 파묻히고 있다
소통을 바라며 걸어왔던 길마저 사라지고 없는
지금 나는 흰 뼈를 드러내며
고통스럽게 신음하는 언어들만 반복해서
백골에게 타전하고 있는지도 모른다

중년 클럽에서

숨 막히는 박자와 화려한 조명 불빛이
무대 위 춤꾼들의 군살을 더듬는다
익숙하게 몸을 뒤트는 중년들
음악이 잦아들면 자리로 돌아와
술잔에 김빠진 불혹을 따른다

다시 차차차 메들리로 이어지는
몰아(沒我)의 무대
제 박자 못 맞추고
걸음 엇갈리는
미혹한 서른 살
그들 속에서 혹처럼 불거져 있다

정작 중년의 몸을 가진 사람들
시간을 잊었지만
젊은 시인은,
시간을 앞질러
중년 아닌 중년이 되었나
선배들에게 이끌려온 중년 클럽에서
뻣뻣해지는 몸을 달래며 몸서리치는 밤,

비창(悲愴)

가슴을 열 줄 아는 사람은 누구나
기록되지 않은 전과가 있다
독방에 은밀하게 스며든 마음을 밀폐시키고
계절의 포로가 된 무늬의 변색을
창살 밖으로 밀어내던 그 눈부신 시절,
쑥물 아린 바람 타고 하늘을 날던
작은 풀씨,
무감(無感)의 빳빳한 끝, 끝에서
나는 치떨리는 꿈의 창을 닫아야만 했다
그런 날은 어김없이
빛이 메마른 독방의 음지에도
수선화 한 방울 움터 올랐다
나의 연약한 씨방은
희귀식물을 채집하는 타인에 의해
가혹하게 채집되기를 기다렸는지

긴 수형 생활의 생채기로 남은
시리디시린 언어들만이
알코올이 묻어나는 앨범 속에서
박제된 모습으로 가끔
나의 꿈이 반사되는 창의 외곽을 기웃거릴 뿐이다

나는 고등어를 잘 구울 수 있을 거라 생각했다

오늘은 고등어를 굽기로 한다 냉동실에서 잠을 자던 고등어를 꺼낸다 고등어가 언제부터 냉동실에 들어가 있었는지 기억에 없다 단지 비릿한 기억을 떠올릴 때마다 짙푸른 등을 가진 고등어를 구워 먹고 싶었을 뿐이다 프라이팬에 식용유를 조금 붓고 나서 얼어버린 고등어를 올려놓는다 코가 제멋대로 벌름거린다 언제나 동굴 입구처럼 비어 있는 후각은 입술을 핥는 미각보다 솔직한 것일까 바싹 말라비틀어진 창자가 꿈틀거린다 오오, 성욕보다도 달게 일어서는 생존본능의 제스처다 타다닥 기름이 튀기 시작한다 영하에서 응결된 물방울들이 환각 속으로 곤두박질친다 타다닥 폭죽처럼 터지는 극점의 결정체들 사이로 살 타는 향기 피어오른다 자, 지금은 달콤한 반전을 시도할 때다 고등어를 뒤지ㅂㅇ―ㄹㅕㄷㅏ 비명을 지른다 고등어의 한쪽 껍질과 살점들이 이미 뜨거운 강철 바닥에 달라붙어 있다 자성이 없는 것들도 열을 가하면 때론 예측할 수 없는 자의식을 발산하는가 보다 그러나 고등어는 기형적인 모습으로 돌아눕는다 분리된 살점들이 육포로 말라가다 숯처럼 까맣게 탈색된다 한 번 달궈진 강철은 거대한 분화구라도 되는 듯 붉은 연기를 내뿜는다 사방으로 튕겨져 나가던 물방울들 사라지고 남은 건 고등어 반쪽이다 다시 황홀한 뒤집기 후 고등어는 해체된다 남은 건 중도보수다 갈고리 같은 뼈에 걸려든 살점들은 설익었고, 살 타는 향기 고통스럽게 엉킨다 가스레인지 불을 끈다 도대체 강철 위에서는 무슨 일이 벌어지고 있는 것일까 나는 고등어를 잘 구울 수 있을 거라 생각했다 식어가는 강철 위에 남은 건 타거나 덜 익거나 부스

러지거나 태생을 부정하는 살점들의 흔적뿐이다 다시는 고등
어를 굽지 않겠다고 맹세하면서도 냉동실에는 등 푸른 고등
어가 없었다는 자기합리화의 언어들이 꼬르륵거리는 날, 일상
속의 이상(理想)은 늘 배고픔,

차라리 감옥을 달라

나는 낯선 자유의 미로에 갇혀 떨고 있는
도시의 밀항자
출생의 비밀 같은 도시에서는
노비 문서를 잃어버리지 않는
자들만이 자유로울 수 있다
탐미의 빛을 거부하지만
오직 자유를 논하는 자 그들뿐이므로

나는 대지의 보드라운 살내음과
아름드리 느티나무의 빈 몸통에서 들리는
기괴한 울음소리를 감금해야 하는
도시의 불법체류자
그래도 내겐 너무 많은 식량이 주어졌다?

당신은 인간으로서 존엄할 권리를 가졌습니다

사탕 모양의 유리구슬 같은 눈알들
도시의 인공호수 바닥에
기생하는 산호초 사이를 뒤덮고 있다
핏대 세운 동공들이
살려주세요 살려주세요
꼬르륵 꼬르륵!

나는

자유의 잔인한 고문에 비명 지르는
고독한 몽타주

때로는 기억의 강에서
익사한 유년시절의 군상들이 나를 찾아온다
원하는 걸 얻었나?
강은 먼 바다로 철로를 놓았고
기차는 지구를 바퀴 돌다
내 이름이 새겨진 비석 앞에 선다
왜 아직도 이곳에 머무는가
나는 독방으로 도피하지 않으려는
멍울 선 언어들을 꽃망울처럼 자폭하고 싶다

등 푸른 가을엔
톱니바퀴를 닮아가는 나의 손가락 틈새로
영혼을 담수할 새하얀 독방이 보인다
지금은,
자유의 추적을 피해
밀실로
기포처럼 터지며 스며들어야 할 때.

소년을 비움

서재에 꽂히지 못하고
다락에서 진보를 멈추고 있던
문학전집과 문예잡지들을 한데 묶는다
신문지와 함께 골목에 내놓으면
폐지수집상의 수레에 실려 비탈을 내려가겠지
소년에겐 가장 친근했던 신화들
소년의 꿈은
책장 속에서 누런 곰팡이로 슬다
성장의 숲 어디쯤
붉은 느티나무 아래에서 길을 잃은 것일까

묵직하게 감지되는 빛 바랜 기억의 묶음을
양손에 들고 계단을 내려선다
한 계단 한 계단
뒷걸음치는 의식의 감촉
한 모라기의 바람에 중심이 흩어지지만

한 번쯤은 말끔히 비워내고 떨쳐내야 할
작은 공상의 세계
재활용품이 쌓여 있는 골목에서
굳은 손마디를 풀고 돌아서는 소년의 서재는
온통 식물도감에서 싹터 나온
수천 종의 잡종식물들로 열대 밀림을 이룸.

옷걸이

옷을 갈아입다
나를 비워버린 홀가분함!
옷걸이는 지난 계절
내가 즐겨입던 붉은 스웨터를 입다
따스한 촉감을 가로챘다
벽을 뚫고 있는 콘크리트 못 하나
오래도록 영혼이 떠난 낯선 남자의 시체가 걸려 있다
먼지가 쌓이고
한 무리의 계절이 지나야
가죽을 벗겨내는 앙상한 뼈
다시 얇은 나의 가죽을 빌리다

벽장을 열다
흰 뼈들이 걸려 있다

자전거

페달을 밟지 않아도 체인이 벗겨지던 시절이 있었다
난폭한 길 위에서
저절로 헐렁해지는 체인을 끌어당기며
나는 무취의 검은 기름에 알몸을 절이곤 했다
언제부터인가
사람들은 내 몸에서 아랍인의 냄새가 난다고 말했다

구르지 않으면 낯설지도 않아

바큇살이 부러지거나 살집이 터져도 멈추지 않고
먼 세계까지 굴러올 수 있었던 것은
등 뒤에 애물단지처럼 싣고 달리던,
기름때 지독한 천일야화 때문이 아니었을까

이 시절은
잘 닦여 있고,
나는 눈을 감고도 깊은 물웅덩이를
피해 갈 수 있을 만큼, 익숙하지만

확 트인 길 위엔
수상하게 굴러가는 핸들이 없다

둘

꽃잎갈피

동시성의 환호성!
휘어진 시간이 기록된
페이지마다
다시
붉은 꽃이파리 누운 자국

파도 꽃 그림 I

사람들은 바다에서 파도를 찾는다 말하지만
파도는 배 없는 산골 채마밭 고랑에서도 일고
거리의 노점에서 살가운 흥정으로도 쓸린다
파도는 북창동 인력시장의 이슬 묻은 담배연기로
네온사인 아래 자욱하게 가라앉았다가
갈피를 잡지 못하는 무명 시인의 가슴을
싸르르 싸르르 소금의 예각으로 찌르곤 한다

파도 꽃 그림 II

　수평선 저 너머에서 절벽을 뛰어내린 파문이 항로를 거슬러
오다 꽃망울처럼 맺힌 입술을 한 겹 한 겹 열어내는 절망의 끝,
동쪽 바다

　파도는 어화(漁火)가 스러지는 아침이 올 때까지 쉬지 않고
피어나는 상념의 꽃들을 지우다 북극성처럼 소리 없이 빛 속
으로 흐트러진다 모래알에 스며드는 문명인의 상처를 핥으
며.

파도 꽃 그림 Ⅲ

파도가 박수를 치며 거세게 웃어제낀다
음치들이 마음껏 소리칠 수 있도록
파도는 몸을 비틀며 세디스틱한 환상극을 벌인다
사악하고 음란한
광란의 해프닝을 떠맡은 파도는
변함없이 흘러온 시간을 난파시킨다

번화가의 보도 위에서 뒤엉키는 사람들
붉은 물감을 뒤집어쓰고
도시를 떠나 음습한 대지로 숨어든 사람들
사냥한 산짐승을 쉬지 않고 처형하고
그 틈바구니에서 숨 막히게 살아가는 이방인들
열기구를 타고 하늘로 날아오른다

사람들은 파도의 은은한 빛깔이 그리워
바다로 달려온다,
파도는 저 혼자서 낄낄낄

호외

호외요!
나의 전부를 까발리고 싶은 날이면

나는 호외로 살고 싶다
깨알같은 활자들과
광고문구들을 지우고
오직 가식 없는 고딕으로
내 인생
단 한 줄 기사를 쓰겠다

시인, 꽃길에서 의문의 실족사

구두끈이 풀렸어요

시는요, 은유라고 배웠어요
은유는요, 감춰서 말하는 수사법이래요
슬퍼도 슬프다 말하면 안 되고요
기뻐도 기쁘다 말하면 안 된대요
시인은요, 스스로 희망을 노래하지 않는대요

시군부는 스스로 피를 묻히지 않을 속셈으로 반체제 시인 해직은 각 시인단체가 자체 숙청하도록 하고, 80년 7월 25일에서 7월 30일 사이에 각 시학회가 자체 숙청 결의를 위한 총회를 소집하도록 강요했다 이에 따라 7월 29일과 30일 두 차례에 걸쳐 시학회 총회에서 〈시인사회자율정화와 시인자질향상을 위한 결의문〉을 채택했다

근데요, 선생님이 그러시는데요, 저는 시를 잘 쓴대요
아빠가 얼마 전부터 출근도 안 하시면서요
월요일에 회사에 안 나가는 건 처음 보는데요
막 울어요, 전 이상했어요, 아빠가 우는 건 이상해요
근데요, 선생님이 시 써오라고 숙제 내줬는데요
저보고 시인이라고 칭찬해줬어요

한국시학사상 유례가 없는 이 시인 대량해직의 '숙청기준'은 첫째 반체제 용공불순자 또는 이들과 직·간접적으로 동조한 시인, 둘째 검열거부와 창작거부에 앞장서거나 이에 동조한 시인, 셋째 부정부패한 시인, 넷째 특정 정치인·경제인과

유착되어 국민을 오도한 시인, 다섯 째 기타 사회의 지탄을 받는 시인으로 되어 있었다

봄이 왔어요
꽃이 피었어요
월요일에 아빠랑 공원에 놀러갔어요
공원에는 신발을 벗고
의자에 누워 있는 아저씨들이 많았어요
아빠의 구두끈도 풀려 있었어요

꽃씨처럼 내리리

나는 내일이면 조막섬으로 내려가
도시의 어느 술집보다도
삐까번쩍한 주막 하나 지어야겠다

어쩌다 굴러온 손님이나 받으려고요

나는 나만의 주막에서 손님처럼
객석을 차지하고 앉아
항구의 어느 선술집 주인보다도
폼나게 앉아 있어야겠다

어쩌다 피항한 손님이나 받으려고요

나는 내일이면
바람에 날리다 낯선 땅에서라도
뿌리를 내리려는 꽃씨처럼
그곳으로 돌아가야겠다
한 번도 제 이름으로 피어보지 못한
손님으로 거닐다가

꽃, 혐의가 있다

잎보다 먼저 피는 꽃은 음란하다
뿌리를 타고 오르던 물줄기에 매달려
비밀을 폭로하는 물방울들
토도톡,
불거진 상처에서 희고 노오랗고
붉은 향기 흘리다 아물고 있다

꽃이 밝고 아름다운 수사들로 피어나
하늘마저 은밀한 고백들로 가득할 때,
오! 스스로 빛깔도 향기도 없는 싹들
숨어들다,
물기 말라가는
꽃잎 밑으로 떨어져 내린다

아직 숨 꺾이지 않은 이파리들이
꽃이 떨어진 자리에 남은 상처들을
짙푸른 멍울로 가리기 전엔
꽃,
혐의가 있다
피지 않은 생명들의 자살을 방조한,

꽃을 쏴라

날개, 바람을 몰고 와
-체온으로 달아오르는 독을 머금고
불씨, 톡톡 순결을 터뜨리며
-숲으로 번지고 있어
-풀어헤쳐진 물방울인 듯

꽃처럼
원형의 색깔로 붉어지다가
마른 대지 위에 뿌려진 빗물처럼 번지다가
음부까지 드러내다가
바람의 날갯죽지 침투한 후
시들다가
떨어져 뭉그러지다가
마르다가
드라이플라워로 바람에 날리다가

벌처럼
쏴, 쏴버려
어차피 한 번은 날려보내야 할 목숨이라면

떠도는 꽃잎들

여름, 오후 1시 **사거리,**
사람들, 자동차는 신호 대기 중
황색 신호등이 켜진 서쪽 차선에서 오토바이가 튀어나오며
사거리, 정적이 깨진다
북쪽 차선에 서 있는 사람들,
자동차는 동작 그만
사거리, 남쪽 횡단보도
푸른 신호를 받기 위해 서 있던 사람들 속에서
F, 튀쳐나온다
두 손을 들고(항복?) 손을 흔들며(선동!)
사거리,
가로지른다
달리던 자동차들 급브레이크를 밟고
차선들 뒤엉킨다
F, 향해 경적이 울린다
군중들, 두근거린다
붉은 신호를 받던
F, 야외식물원으로 사라지고
사거리,
다시 푸른 신호등을 받는다
사람들, 꿈을 꾼 듯 신호 대기 중
뙤약볕
저지대로
곤두박질친다

그늘에서 피는 꽃

눈 흐린 버섯들이 끼리끼리 그늘을 쬐고 있다
빛을 향한 허물 없는 노출이 자신들의 생명을
메마르게 만들고 만다는 사실을 알지만
몸의 빛깔, 너무 여리고 투명하기만 하다
황사로 물든 하늘을 뚫고 들어온 굴절된 빛이
수사관처럼 그늘을 탐문하고 있다
그늘이 엷어질 때마다 그들의 호흡은 위태롭다
음습한 그늘을 떠나 세상의 양지로 나오라는 유혹을
뿌리치지 못한 어린 균사체의 주검들
그늘에서 태어나고 자란 생명들은
봄꽃처럼 활짝 피어나도 빛의 날카로운 눈을 피해
내면의 숨결로 잦아들어야만 하는 걸까
빛의 화려함을 단번에 제압할 강인한 그늘이
아닐지라도 그들은 갈망한다,
시대의 변절로부터
자신들의 어린 항균을 가려줄 그늘 반 조각을

타락한 대지에도 꽃은 피는가

영화 BADLANDS 위를 걸어가고 있다

황량한 대지에 물기 없는 그림자처럼 버려진
자신을 특별한 생명으로 증명하고 싶은 나는
키트가 되어 이유 없는 방황을 시작하고
때론 홀리 배역을 맡아 영화 같은 세계를 동경한다

나는 단지, 우습지도 않게,
자신을 사람들의 코드 안에 기록하기 위해
양심을 탈취할 뿐이다
홀리는 영화처럼 결국 내 곁을 떠나고 말 것이지만
나는 내면에 꽉 들어찬 공기를 태우는
무시무시한 불의 삶이고 싶다

나는 어느새 홀리가 된다
대지 위에서 벌어지는 모든 일들은
나를 주인공으로 한
모험영화에서 벌어지는 환상적인 에피소드들이다
키트를 사랑하진 않지만
그와의 섬뜩한 사랑을 통해
나는 바스러져 대지로 돌아가는,
갈증을 흡수하는 물의 삶이고 싶다

붉은 대지를 가로질러 강으로,

마침내 바다로 흘러든다
불은 수직으로 타오르다
사형선고를 받은 영혼처럼 소멸한다

비가 내린다, 영화는 계속된다.
The Waste Land 위에 꽃 한 송이 피어오를 때까지

성장의 한계에 관한 보고서

화분에 해바라기 씨앗 하나가 뿌려졌다
거대한 화분에 비해 한 알의 씨앗은
보잘것없이 작고 메말랐다
강 건너 무화과나무 열매를 흠모하던 관찰자는
해바라기 씨앗이 싹을 틔울 때쯤
이미 그 강을 건너고 있었다
싹은 푸른 죽순처럼 솟아오르는 줄기에
다시 새로운 싹들을 내밀며
화분의 높이를 앞지르고 공중으로 뛰어올랐다

관찰자는 기록을 위해 가끔 강 건너에
먼 시선을 보내기도 했지만
거대한 대지에 비해 해바라기 줄기는
터무니없이 왜소했다
대지의 작은 변화들은 이런 이유로 기록되지 않았다
어느 날부터 강에 안개가 끼기 시작하더니
가늠할 수 없는 시간이 폭풍처럼 쓸려갔다
새 관찰자는 강 건너 화분에
전승된 의혹을 가졌을지라도
이미 숲을 이룬 무화과나무의 향가로운 열매와
단색의 이파리를 관찰하는 것으로도 만족했다

긴 안개의 시간들이 지났다
관찰자는 무화과 숲을 헤치고 강가에 나가

말라버린 강 건너 대지를 휘감고 있는
해바라기 군락을 발견하고 보고서를 쓰기 시작했다

생명의 강은 한계점에 도달,

나팔꽃

불면의 아침을 깨우는 자색 나팔 소리
모든 내려선 것들을
타고 오른다
휘어진 장미덩굴을 막아선
직각의 담을, 부지런히 수런거리며 타고 오른다
담 위에 엉켜 있는 철조망을
알몸으로 칭칭 감은 채
한바탕 소란스러운 나팔 축제를 벌이다가
옥상에서 흘러내린
폐방송케이블에 촉수를 뻗는다
한해살이풀,
가슴에 응어리진 기억도 없이
왜 그리도 높이 오르고 싶은 것일까
수직의 끝에 다다르면
곧 선택의 헛디딤, 그러나 정오,
공명 한 가닥 이탈마저
되감아 올리며
오므라든 나팔을 들고
옥상에 오른 푸른 정맥들은
태양이 쏘아 내리는 눈부신
가시광선을 타고 오르며
비상(飛上)을 외치는 싱싱한 나팔수

나비를 꿈꾸며

풀꽃에 앉아 교미하는 나비들의 반투명한
무늬를 보았느냐
그들의 가벼운 날개가 팔랑거릴 때
교란되는 꽃의 비명을 들었느냐
화려한 비행을 기다려
지난 시절을 껍질 속에서 참아온
애벌레의 떠들썩한 폭로를 막을 수 있느냐

어디서 날려왔느냐
색깔 고운 날개로도 날지 못하는 너는
비대한 몸 이끌고 또 어디로 가느냐
너는 아직 껍질조차 깨지 못해
나약한 액체로 머무른 무정란인가
언젠가는 세상 밖으로 날아오를 운명이라면
유월의 무더운 한 날이라도
가시꽃 담 높은 화단 아래서라도
나비의 날개짓
네 빛깔로 모방하지 않으려느냐

달맞이꽃

물푸레나무 잔 이파리를 흔들며
짙푸른 빛깔을 씻어내던
바람은 손을 내밀어 내 머리를 쓰다듬는다
풀잎만큼의 높이
풀잎만큼의 빛깔
여린 마음속에서 휘돌던 바람은
훌쩍 공중으로 뛰어오른다
바람이 뛰어든 자리에
달무리진 쪽달이 차 오르고 있다
폭풍의 바다 동쪽 수면에
고도(孤島)의 빙벽처럼 아찔하게 서 있는
아리스타르쿠스여(Aristarcus)!
파도에 쓸려가버린 내 어리석은 시간들을
인력(引力)으로 돌이킬 수 있겠는가
스스로 빛을 낼 수 없어
반사와 굴절의 차광막을 뚫어야
존재할 수 있는 달빛 반쪽
직선으로 걸어온 길
곡선으로 돌아가는 길이든
처음과 끝은 어디선가 만날 운명인데
지금 나는 어디로 길을 내고 있는지
달 표면 위엔 나의 발자국이 보이지 않는다
투명한 어둠으로 응결된 반대편 달빛 한쪽
혹여, 거기 나의 길 있으려나

흩어지는 시간을 모아쥐고
달 그림자의 표면을 쓸어본다
밖으로 휘어지는 직선
팽창한 빛의 외마디 외침!
스러지는 달빛 따라
고개를 떨구는 노란 달맞이꽃의 기다림.

셋

전각(篆刻)

흐르던 물
고이다
소스라치는 풍경

의자

끝이 없는 사다리처럼 자욱한 안개 속으로
사라진 기찻길을 따라 걷다가
잠시 이름 없는 간이역으로 쉬는 곳
아무도 들른 흔적이 없는
대합실 창가 아래 놓인 긴 목재의자에
신원증명서류 뭉치 같은 몸을 눕힌다
천장 구석에 집을 짓고 있는 거미가 경계하는 것은
낯선 길의 진득한 마수에 걸려든
팬터마임 같은 나의 몸부림
갓난아이의 종아리처럼 가냘픈 목소리는
저 안개 너머에서 들려오는 풍경 소리를 찾아
떠나야 한다 외치고 있을 뿐
울림도 없는 자갈밭 위의 발자국을 바라보며
갈바람에 흔들리는 동공
이대로 잠이 든다면
나는 벌레들의 안락한 집이 되어
서서히 스스로 그린 무늬들을 지워가겠지
그 안락한 의자에서 일어나
다시 기름진 철길을 밟아 올라갈 때까지는

거울

닦는다, 자신을 믿지 못할 때마다
돌 속에 화석처럼 웅크리고 있는 나를 깨운다
몇 번을 닦아내도 수증기처럼 나의 의식을
몽롱한 현실로 덧칠하는 시간들은
쉽게 틈을 보여주지 않는다

지문마저 닦는다

사각의 돌무덤에 갇혀 있는 한 우울한 자화상에
파동이 온다, 중심이 없는 사방물결이 인다

돌 속 남자가 울렁거리며 걸어나온다

돋을새김

    요즘엔 통 이름 팔 일이 없다 도장공에게 새 무늬를 건네 받을 때마다 잔뜩 긴장하며 늘어가는 나이테를 꼼꼼하게 들여다봐야 했지만 오늘 도장함의 내 이름들은 습기 먹은 불쏘시개다

    도장나무만 봐도 가지를 잘라 이름을 새겨넣고 싶었지 연필칼로 이름을 깎다 실수로 베어버린 지문에서 선홍빛 인주가 흘러나왔지 내 스스로 깎은 성장의 결엔 언제나 그 시절의 따스한 피가 스며들기 마련이었지 내가 걸어온 길엔 그래서 붉은 발자국만 어지럽게 찍혀 있었는지 몰라 그 피비린내들 다 어디로 갔을까

    가장 최근에 판 도장을 꺼내든다 음각된 부분에 입김을 불어넣고 손금 위에 찍어본다 텅 빈 타원만 생명선을 가로막다 이내 사라져버릴 뿐 나만의 무늬가 없다 허물처럼 벗겨져 멀리 사라진 시간들을 따라간 것일까 나는 지금 도장나무 군락을 찾아 떠나야 한다 다시 자신을 돋을새김질해야 할 여백의 계절에

오동나무를 들고

시냇물은 팽팽한 명주실을 타고
계면조 자욱한 밤하늘로 흐른다
문현(文絃)에 머무르던 한 줄기 선율이
기러기를 벗 삼아 유현(遊絃)으로 날아갈 때
흐트러진 바람이 밀어내는 잡음마저
공중에 동동 뜬 이파리의 손금을 변주한다
부드러운 가지 부러지기 쉽고
가벼운 몸 풍해에 깊은 멍이 든다 해도
공명(共鳴)의 길 들어서면
천년을 살아도 굽어지지 않을 장인의 기품
때론 단단한 죽비로 내리치다
돌아서면 사내의 가슴을 조각조각 뜯어내는
홑옷 입은 여인의 발소리로 재생되는 현금(玄琴)
어느 비 내리는 날은
육현(六絃)의 단아한 조화를 버리고
신들린 무희가 되어
하늘의 구름을 만취시키는 춤사위.

우물

약속된 기다림의 시간 사이로
유성이 스치고, 미움이 스치고
바람의 흰 뼈마저 멀리 달아나는 밤
우물에 내려앉은 달 그림자 건져 올려
한 조각 베어 마시고
다시 두레박을 내릴 때
흩어진 달빛 어느새 그리운 얼굴
달아오는 수줍음 들킬까
콧노래 부르며 물을 긷는데
길어도 길어도 줄지 않는 물,
숨었다 나왔다 아이처럼 장난만 치는
달,
벙어리 달
귀머거리 달
끝내 달이 된 우물

체념의 웃음 한 방울 떨어뜨리고
돌아가는 님,
머리에 인 빈 물동이에
달빛 그득 파문이 넘치는데
나 지금도 우물 안에 숨어 있는데

청동비녀를 꽂은 여인들

시장은 왕복 육차선 길 건너에 있지만
한 평 남짓한 가로수 그늘을 깔고 앉은
여인들은 시장의 떠들썩함을 등지고 있다
옥수수, 완두콩, 팥 그리고 시금치 같은 채소류와
손수 야산에서 캐온
거칠게 다듬은 산나물 몇 줌만이
어쩌다 그곳을 지나며 주춤하는
또 다른 여인들과 가벼운 흥정을 기다리고 있다
오십여 년 한결같이 곧게만 흘러온
거대한 강줄기에 고인 슬픔을
한 올도 잃어버리지 않으려 빗장을 질렀나
다시 검은머리가 돋는 반백의 머리에
청동비녀를 꽂은 여인들
고향이 개성이라는 한 여인은
신문가판대에서 들려오는 남북정상회담 소문도
듣지 못하는 문맹이라지만
질곡의 순간들을 가슴속에
차곡차곡 개어 간직했을 굽은 손으로
가끔 동료들의 등을 긁어준다
(시원하우?)
가진 물건을 떨이한 여인들은 하루치
식량을 사러 시장으로 달음질하고
변색의 물결로 현란한 거리에서
그들만이 인화되지 않는 필름으로 남는다

와불(臥佛)

시위라도 벌이는 걸까
바람맞은 것들이 일제히 누워버린 들녘을
멀리 바라보고 있는 농부
깜부기병을 앓고 있는 듯
검게 타버린 가슴을 한 움큼 토해낸다
포기 나누기를 하며
하늘 몰래 흥얼거렸던
소박한 생장의 꿈
이제는 반대로 쓰러진 포기를 달래어
일으켜 세우고 묶는 손,
못생긴 미다스의 손
일어나라
일어나라
어서 황금빛 전설을 바심해야지
농부의 손을 빌어 일어선 이삭들은
고개를 들지 못하고
갈빛에 부은 눈을 말린다
하루의 낱알들이 다 떨어지도록
일어서지 않는 이삭들은
젖은 논의 살갗에
벌써 휘어진 뿌리를 내리고 있는데
돌아서서 자식 농사를 이어짓는
뼈 부실한 자의 그림자
눈에 든 싸라기를 까부르며
굽어진 길 위에 고단한 몸을 눕히고

화석이 된 그림자

　언어사전들 틈에 모나게 꽂혀 이는 가족 사진첩을 꺼내와 잠시 딸 많은 집안의 귀한 아들로 자신을 복구한다 초가 앞 오동나무 그늘 아래에서 차렷 자세로 찍힌 사내 아이는 군림을 알았던 나를 증명하는 유일한 증거다

　찰칵, 렌즈가 나를 가둔 순간 누이들은 돌담 너머에서 놀라운 광경을 죄인처럼 훔쳐보고 있었을 것이다 자신들의 등에 붙어 성장을 짓누르던 나의 독사진 옆에 누이들이 염소떼처럼 몰려와 까르르 웃고 있다

　이 색바랜 사진에 그 시절의 색깔들을
　덧칠 할 수 있다면,
　다시 누이들의 가냘픈 등에 푸른 빛깔로 업힐 수 있다면

박물관 가는 길

박물관으로 가는 완행 버스가 떠난다
차 안은 계란껍질 벗는 소리로 시끌시끌하고
동향(同鄕)의 사람들 악수하며 껍질을 벗는다
반가움에 뒤섞이는 고단한 삶의 한숨들이 버거운지
버스는 더디더디 신작로를 달린다

밀리고 밀치는 차선들
늘 가면서도 낯설고 휘어지는 길 끝,

색바랜 슬레이트 지붕에
별빛을 숨기는 박물관이 보인다

설레는 얼굴들을 몰아쉬며 사립문을 열면
30촉짜리 알전구에
티 없이 맑았던 한 시절의 추억이 들어오고

관람은 시작된다

개가 짖는다 또 새끼를 밴 노랑이다
정지에서 뛰쳐나오는 어머니
퇴비 섞인 기침으로 방문을 여는 아버지
유년시절이 깔깔대는 툇마루
띠살문 위 나란히 전시된 액자들
판자 지붕 같은 지난 시절의 기억들

두들에 뒹구는 농구들,
뭉툭한 호미에서 발냄새가 날선다

어미 고양이가 주렁주렁 새끼들을 몰고 온다
누군가 오는지 개 짖는 소리

쇠스랑 같은 아부지의 손마디
갈라진 손등에서 누런 땅문서가 피어오른다

족보가 박물관에 전시되면서
족보에 이름을 올리는 자손은 없다
맨 뒷줄에 남았을 안태(安胎) 무덤,
유리관을 깨고 들어가 삽질하고 싶다

깜박, 30촉짜리 알전구가 잠든다

관람 시간은 짧다

관람객은, 소리 없이, 미래관을 지나치다
최근 전시된 묵은 밭들, 눈빛 스친다
한눈 팔지 마!

출구에는 도시로 가는 직통이 기다린다
멀리 박물관에 더미로 내리는 비.

재개발지역을 지나며

아침은 배달부의 자전거처럼 삐걱거리고
태양이 망루에 올라 종을 치고 있다
마지막 재개발지역은 非常, 飛上을 외친다

벽돌 한 장의 두께를 뚫고 울리던
없는 자들의 노랫가락, 아이들의 울음소리
가벼운 소리들
헐리는 지붕들의 문짝처럼
부연 먼지 속에 묻히고 있다
다시는 열릴 수 없으리라
허리 굽은 수도꼭지에서
물방울을 배급받던 그들은
빌려쓰던 한 조각 구들을 떠나갈 때
젖은 마당 위에
처음으로 지문을 찍었을 것이다

수돗가를 넘어서는 물방울들
마당이 젖어들고
마당 한가운데 떨어진 아이의 그림책이 젖는다
나의 마음에도 물결이 일고 파문 깊어진다

일기예보 - 흐림

　달밤, 상주를 비껴간 어둠을 타고 훌쩍 해송울을 넘은 모래 알갱이들, 에메랄드빛 포구에 스며들고 있다 조개껍데기로 한 입 떠먹고 싶어라

　들물은 청파래를 쓸어 뜨거운 화석으로 숨쉬려는 낯선 발 자욱을 지운다 그 자리에 돌섬처럼 박히는 그림자

　금산은 아직 가라앉아 있다 물안개가 녹아내린다면, 선착 장에 닻을 내린 화물선은 수평선을 넘어서겠지 지금 누군가 등대가 되어준다면,

　아침을 기다리던 그리움의 입자들 서서히 썰물에 실린다 멀리 동백 가득 실은 여수, 떠간다, 피어오르는 구름처럼 살금 살금 기억의 입자들을 흐리며,

봄, 미학과 관계

봄은 꽃들의 수다로 온다
개울에서는 송사리떼 파동꽃이 자지러지고
울타리에서는 나비처녀들 수줍음이 화들짝 피어나고
어느새 하늘 그림자마저 아지랑이 수다를 떤다
귓불 간지러워 돌담 밑으로 숨어드려는 땅에도
투명한 덧니들 속닥속닥 도드러진다

봄은 꽃들의 수화로 간다
파랗게 눈뜨는 아침이 오는 때를 기억하고
상처난 자리마다 이슬처럼 영그는 꽃다지
온 날, 따스운 낮달을 바라보며 소소소 가지를 흔드는
키 작은 나무들의 물정 모르는 수화
기다려달라 혼자 가지 말라 보채는
더디고 더딘 우리들의 몸짓

달팽이

비 갠 오후
흰 수건 위에 뙤약볕을 이고 파밭에서 지심을 매는 여자
뼈대에 바람 든 꽃대를 타고 오르려는
한 마리 달팽이를 닮았다

뿌리째 뽑힌 잡초는
여자의 등 뒤에서
다시 마른 근심으로 돋아난다
아서라
그 걸음으로 언제
저 고랑 끝에 다다르려나

느린 오후

볕이 눈 깜박이던 사이
통통한 줄기 꼭대기 파꽃에 앉은
달팽이
앉은뱅이 여자를 닮았다

일상의 즐거움

깨진 항아리 조각에 심은 고추 모종에
어느새 꽃다지가 눈을 뜨고 있다
잔 이파리는 감잎을 닮아있고
꽃대도 제법 시누대 줄기처럼 꼿꼿하다
남이 심고 남은 걸 서너 그루 얻어와
자갈흙에 생고추 몇 점 따먹을 욕심을 섞어
다독이고 물을 주었는데,
건망증 틈을 비집고
풋내 싱그러운 손님으로 찾아왔다
조금 더 온전한 그릇에 심지 않은
소심함을 후회도 해 보지만
고추는 차양 사이로 내리는 빗물만
손을 오그려 받아마실 뿐
미운 소리 싫은 소리 한 번 없다
하늘이 몇 번 까탈을 부리다, 맑고
푸른 계절에 덜미를 잡히는 날이면
솔빛 물오른 고추 보며 상사가 나려나
내 마음 벌써 빈 항아리를 쓰다듬는다

서쪽으로 난 계단

나는 바람난 봄볕을 꼬드기며
개나리벚산수유목련꽃이 속살거리는
남산 계단을 밟아오른다

길모퉁이를 돌아서자
휘어진 지팡이를 끌고 가는
노인들의 머리에
한 무더기 흰 꽃가루가 내리고 있다

계단, 계단, 굽어지는 발걸음
점점 세월의 군살이 실리는 지팡이

계단 너머 풍광이 궁금해
두 계단씩 밟고 뛰어오르다
노인들의 등 뒤에서
나는 다리가 풀린다

그때 누군가 계단을 뛰어오른다
나를 지나고
노인들을 가로질러
단숨에 계단 너머로 사라지는

그의 거친 숨소리가
내 가슴에서 두근거린다

그러나 나는
서쪽으로만 휘어지는 계단 위에서
노인들의 굽어진 발걸음을
끝내 따라잡지 못하나 보다

접목(接木)

고궁의 돌담 기와에
풀물을 들이고 있는 나무들

나들이 나온 사람들은
더운 날씨에
겉옷을 벗는다
그들의 웃음에
나무의 빛깔이 스며든다

우리의 옷은
벌거벗은 이파리

나무 의자에 앉아
알몸을 드러내는
도시인들의 겨드랑이에서
깃을 닮은 이파리들 돋아난다

슬프다 구세주 오셨네

다사로운 봄볕이 내리는 교회당 서벽(西壁) 아래
성경을 꼭 쥔 금발 노인들이 두런거린다
말라버린 농토처럼 쩍쩍 검은 금들이 흐르는 벽에
구부러진 등을 기대고 서 있는 그네들은 정물화다
살아온 길은 노동 현장의 걸개그림처럼
뜨거운 동맥 같은 구호들을 쉼 없이 외쳤을지라도
지금, 그네들의 목소리는 이명처럼 가늘다
해가 서쪽으로 기울어갈수록
벽의 틈새는 선명해지며 거미줄처럼 그네들을 옭아맨다
어느 누구도 볕을 쫓기 위해 발버둥치지 않는다

십자탑에 불이 들어올 때 교회당에서
와르르, 한 무더기의 아이들이 쏟아져나온다
물고기떼처럼 팔딱거리던 아이들이
점묘되는 어둠 속으로 사라져가고
금발 노인들, 서둘러 교회당 안으로 몸을 감춘다

그 사이 벽 틈새를 벌리고 있는 파르스름한 찬송가
슬프다 구세주 오셨네, 슬프다 구세주 오셨네.

수평을 차리는 여자들

갈빛 흐르는 앉은뱅이 밥상을
등에 지고 머리에 이고 어깨에 걸친
중년의 여자
비탈진 골목길을 오르며
닫힌 대문 높은 담을 향해 흥정을 건다

흘러간 노래처럼 느슨한 여자의 목소리
언제쯤 제 밥상을 만나 별미로 차려질까

충남슈퍼 앞 오동나무 그늘에 모여든 여인들
낯익은 여자의 익살에 웃음을 볶고
떠돌이 삶의 넋두리에 눈물을 무치며
저마다 개다리소반 위에
질곡의 상 차리는 여인들

자꾸만 골목 안으로 잦아드는 추임새
잘 닦인 서녘 하늘에 드러눕는 낮달
한바탕 난장(亂場)이 벌어지는 담 높은 골목 안

나무 위 마을

　도시의 골목을 남몰래 빠져나오는 사람들이 있습니다 어디로 가는 것일까요 달빛은 없지만 별빛에 의지해, 어쩌면 길잡이를 대신하는 별자리가 그들의 유일한 희망일지도 모르겠습니다 나도 얼른 별 그림자가 되어 따라가 봅니다 사람들은 도시의 끝자락에 고여 있는 검은 강을 묵묵히 지납니다 아마도 예전에는 강마을 처녀들이 달밤이면 갈대의 서걱거림에도 얼굴 붉히며 스며들던 곳일 텐데

　사람들은 쉬지 않고 송전탑이 줄지어선 산 몇 개를 넘습니다 송전탑 아래에는 등대처럼 밝은 마을들이 있지만 눈길 한 번 주지 않고 비껴갑니다 그곳을 지날 때 사람들의 숨소리가 거칠어집니다 어느새 산 속 마을까지 도시의 불빛을 닮아 있습니다 사람들은 산을 넘고 평야를 물처럼 흘러갑니다

　얼마나 더 걸어야 할까요 걸음이 더욱 빨라집니다 나는 다른 별들의 운행을 방해하지 않기 위해 조용히 그들을 따라갑니다 아, 드디어 사람들이 발걸음을 멈추고 뒤를 돌아봅니다 미행하던 도시의 불빛도 돌아갑니다 그들 앞에는 무수한 별들이 열린 나무 한 그루가 서 있습니다 사람들은 서로 무동을 태우고 손잡아 주며 나무에 오릅니다 동편 하늘에서 푸른 빛이 불어옵니다

　사람들은 보따리를 풀어 그들의 할아버지가 남겨준 연장을 꺼내 집을 짓기 시작합니다 나도 새 집을 짓기 위해 마을로 내려갑니다

내리막 길

도시는 회갈색 구름 속에서 잠들어 있다
일산을 너머 문산으로 이어지는 구름띠
정상에서의 짧은, 심·호·흡,
내려가야지

푹! 배낭을 짊어지려던 몸의 중심이 무너져내린다
끈이 풀린 등산화
휴, 가슴이 트이려나
그 틈을 타
산에서 산으로
능선을 따라 춤을 추는 수인(囚人)의 착상

동쪽으로,
지난 여름 불탄 소금모래밭에서 상실한 언어를 찾는다
차살거리는 억겁의 시간 속
햇미역의 모래 알갱이들
찾아 돌아온 건
닳고 닳아 옛 모습을 잃은 조개껍데기
남쪽으로,
내 고향 남쪽에는 봉긋봉긋 젖무덤 수천 수백

차르르 옥빛 옥돌 깎는 어린 어부의 자맥질 두고 왔다.
여귀산(女貴山) 구절초에 코피 흐르던
어린 어부의 검정고무신

서쪽으로,
소래포구에 몰려드는 꽃게들
갑골에 반사되는 서녘의 황혼
발갛게 물들어가는 개펄 위로
언젠가 쓸쓸하게 보냈던 시간의 잔영(殘影)이 서서히 차오른다
곧 차가운 만조

내려가야지

내려선 길에서 만나는 굴참나무숲
무릎까지 빠지는 붉은 삐라들
눈이 시리다
다시 북쪽으로 쓰라린 눈을 돌린다
보이는 건
일억오천 년 풍화침식을 견뎌낸 신봉(神鳳)들의 하늘바라기

삐라는 어떻게 저길 타고 넘어왔을까

'이거 신고하면 포상 받나?'

등산로 입구에서 가을빛을 배경으로 사진을 박는다
정작 인화되어 남겨지는 것은
이물처럼 떼어내어 버리고 떠나는 지친 발자국들

바늘

신묘한 도이기도 하지
낡은 옷에서 떨어진 단추처럼
쓸모 없이 거리에 나뒹굴던 사람들이
바늘로 찌르고 공그르면
금세 재활용품처럼 새 삶에 찰싹 붙는다지

신묘한 도이기도 하지
거친 세파에 헤어져 헝겊처럼 조각난
우리들의 지난 사상들이
바늘의 따가운 뜸질을 받아내면
이내 부드럽고 단단한 걸레가 되어 세상 바닥을 닦는다지

바늘의 날카로운 눈빛은
타인의 벽에 부딪쳐 부러지는 이 시대의 디지털 전파마저
한 올의 무명실로 엮어 이음새를 만든다지
소통의 언어를 잃은 채
살아가는 문명인들의 합법적인 틈을 깁는다지
아마도 그런다지

지하철에서

한바탕 세찬 파도가 치고 썰물이 되면
갑각류의 게들이 긴 터널 속으로 기어든다

-게들은 누군가에 잡히거나
위험이 닥치면 스스로 집게와 발을 끊는다
재생할 수 없는 불구가 된다는 사실을 알면서도

더듬이를 힘겹게 내밀고 꾸벅꾸벅 졸고 있는
가는다리말랑게와 굵고 억세게 생겨먹은 가시뿔게,
그리고 다리만 길쭉해 우스꽝스러운 원숭이게와
고고한 척 살 오른 참게들이
긴 의자에 나란히 앉아 있거나 전동차 구석에
집게를 감춘 채 서 있다

가끔 불구가 된 게들이 통로에 나타나
양식을 구걸한다
그들은 절룩거리며 앞으로 앞으로만 가고
그들이 앞을 지나갈 때
눈을 감고 모른 척하는 게들은
열차가 멈출 때까지 옆으로 옆으로만 달린다

넷

공중 발자국

몸을 던진다
중력의 지팡이를 벗어난 발자국
공기중에서 저벅저벅
흐느낌
저 앞으로 들려간다

구두 I

그 언덕을 넘어 다니면서부터 구두는
한쪽 굽만 닳기 시작했다

나는 기울고 있다
다리를 전다

울타리가 낮은 공원의 관리사무소와
담이 높은 교회당 사이에 언덕이 있다

구두 Ⅱ

먼지 낀 구두를 닦는다
아무리 닦아내도 광이 나지 않는 진흙투성이 구두
내가 가는 길,
삭을 대로 삭은 가죽은
구멍 뚫려 물새는 나를 신고 걸어왔다

이곳까지 오면서
헌신짝처럼 버려진 나는 얼마나 될까

구두를 닦는다
다시 신어보지 못할 헌 구두를 닦는다

팽목항

바다는 거대한 엘피음반처럼 파도를 변주하고
재즈의 음표처럼 떠 있던 섬들이
해무(海霧) 속으로 소리 없이 가라앉는다
정박한 조도 페리호가 침묵을 깨며
낡은 기적을 긋는다
부두에서 출항을 기다리던 뭍 사람들 틈에서
나는 해도에 표시되지 않은
섬에서 잃어버린 자신을 찾을 수 있을까
막연한 기대감과 상실감의 이중주를 듣는다

다시 육중한 여객선이 뱃고동을 울려
출항을 재촉하고
오랜 시간 탁한 세월을 응시하던 사람들이
선착장으로 몰려든다
그러나 뱃길을 닫아 건 안개는 아직 장막을 치고 있다

섬과 섬을 오가는 약속이란
안개의 시간 앞에서는 질감 없는 파도일 뿐일까
끝내 결항을 알리는 안내방송이
안개 너머로 사라지고
표를 무르며 투덜대는 객들의 발길도 잦아든다

이제는 가볍게 부푼 나의 빈 육신을 이끌고
다시 떠나온 거리만큼 돌아서 걸어야 한다

포구를 등지는 나의 마음 깊은 곳에서는
자신도 몰래 숨겨두었던 우뢰가 내린다

진도읍으로 가는 버스에 오를 때
몇 척의 해경 선박이 해무를 짓치며 나타난다

─시체를 찾는답디다 며칠 전 어떤 젊은 남자가 여객선에서 뛰
어내렸다요 오늘 시체가 떠오른다고 그럽디다

아직 인양되지 못한 채 섬처럼 부유하고 있을 그
는 어디선가 표류하고 있을 나를 만났을까
시동이 걸려 떨리는 버스 창밖
바다는 악보 없는 협주를 시작한다
섬과 안개와 정박하거나 오래도록 묶인 배들
그리고 내가 떨치고 돌아선 소금기 묻은 것들과.

개처럼

막다른 골목에서 날카로운 송곳니를 드러내며 덤빌 듯 울부짖는 한 마리 개와 마주친 적이 있는가 미친 개한테 물려 죽겠구나 싶어 가슴 싸늘해지겠지만 정작 개는 그대의 붉은 눈이 두려워 살려달라 애걸하고 있음을 그대는 아는가

그는 한 마리 떠돌이 개였고 큰 쥐만큼 작았다 그는 짖어본 기억이 없다 그저 길 아닌 길 위에서 절룩거리며 돌아다니는 일만이 삶의 전부였다 그러다 삶의 막다른 골목에 들어섰을 때, 그는 세상의 어떤 개보다도 사납게 짖을 수 있었다

두 발로 설 수 있게
쇠줄에 묶이더라도 지붕 하나 가질 수 있게

추적

몽둥이를 들고, 우리를 뛰어넘은 돼지 한 마리를 쫓는 그 뒤를 순도 백퍼센트의 뙤약볕이 쫓는다 갓 사춘기를 지난 수놈은 며칠 전 주인의 식탁에 오른 암놈의 목이 그리워서일까, 울 넘어 들려오는 최후의 비명에 몸서리쳐서일까 짧은 다리에 둔한 몸으로도 물찬 제비다

길모퉁이에서 한순간 놈이 내 쪽으로 돌진해온다 나는 겁에 질려 몽둥이를 휘젓는다 콧김을 내뿜으며 돌진해오던 놈은 나를 간신히 비껴간다 나는 몽둥이를 버리고 다시 돼지를 쫓는다

머물고 있을 때는 밖에서 들려오는 낯선 냄새에 몸을 던지고 싶다가도 넘어지면 곧 무차별한 노출을 막아주는, 이내 아늑한 벽이 그리워지는 우리는 자유의 보호라는 위장술

잡혔다(군중들의 함성) 포기했을 것이다 올가미에 묶인 놈은 우리의 반대편으로 죄수처럼 끌려간다 놈이 마지막으로 토해내는 괴성과 단단한 콧김을 나는 고스란히 기억한다 나를 소리 없이 포위하고 있는 짙은 안개를 바라보며,

펑크

정체된 교차로에 갇힌 응급차의 사이렌-육교 밑으로 바삐 뛰어가는 노파-좁은 인도를 꽉 매운 노점과 차도 위로 내려선 사람들-지하철 통풍구 안 누런 담배꽁초들-거리에 방치된 바람 빠진 자전거-스모그에 매몰되는 풍경들,

펑!

새빨간 소화전 아래 빈 소주병이 널브러져 있다-음란한 삽화들로 가득한 스포츠신문으로 몸통을 덮은 채 깡통처럼 구겨져 있다-이젠 누구의 발길에도 차이지 않는 쭈그러든 가죽공-소화전 호스를 꺼내 펑크 난 그의 입에 물리는 상상을 하며 나는 그 순간을 재빠르게 모면한다-한 발자국 옮길 때마다, 픽픽 바람 빠지는 소리

하수도 보수 공사

비탈진 골목에서 공사판이 벌어졌다-단단한 콘크리트가 잘려나가고 포크레인이 바닥을 판다-인부들의 욕지기와 매미 울음과 기계들의 화음이 후덥지근한 공명으로 검은 하수관을 두드린다-개수대로 빨려 들어간 양식의 껍질들, 변기에 쏟아부은 다 씹은 오물과 수십 년 동안 냄새나는 이 골목의 역사가 흘러 들어간 관-더러는 소금기 반짝이는 강으로 흐르고, 더러는 관 모퉁이에 걸려 침전되다 통로를 막아선 찌꺼기들-몽땅 들어낸다-그 자리에 새 관이 눕는다-부서진 하수관을 싣고 좁은 골목을 빠져나가던 트럭이 덜커덩거린다

황색 포크레인이 맨홀 위에 서 있던 내게 다가온다-귀를 후벼파기 시작한다-꽉 막힌 혈관이 드러난다-현실과 환상을 구별하지 못할 만큼 꽉 막혀 있던 시신경 어디쯤이다

공의 매혹

가파른 언덕에 선다 나를 둘러싼 책망의 순간들이 부푼다 각진 몸은 무게를 이기지 못하고 서서히 굴러내리기 시작하고 속도가 빨리질수록 나는 예각을 잃어간다 비탈이 끝나도 가속도가 붙은 몸은 자율신경을 잊고 어디론가 위태롭게 굴러간다

둥근 것만이 구를 수 있는 것은 아니다 살아있는 모든 모난 각들은 구르며 다듬어지고 서로 닮아간다 공생의 법칙을 어기는 자는 비탈에서 강제로 굴림을 당하고 곧 구르는 일에 익숙해진다

시간은 각만 조각하며 살아온 나에게도 끊임없이 구르라며 채찍질하고, 나는 두려움과 좌절의 시간이 되면 본능적으로 굴러간다 삼십 년을 굴러왔어도 나의 온몸은 상처투성이다 아직 나의 몸에는 모난 각들이 남아 있음일까 오늘도 육중한 원들이 나를 비탈에 세우고 등을 떠민다

구른다 세상은 반대로 구른다 최고의 스피드에 다다랐을 때 나는 매혹적인 공회전에 몸서리친다

잦은한잎

  공휴일, 음대 앞을 지날 때 오선 위에 세찬 소나기 내린다 음
정을 타고 거친 바람 불어간다 4옥타브를 경사진 계단처럼 헐
떡이며 오르던 여자의 목에는 너무 많은 음표들이 뒤엉켰는
지, 후두둑, 빗발친다

호들갑스럽게 실소(失笑)를 두드리는 피아노
비아냥을 켜는 첼로와 바이올린
변죽을 쳐대는 타악기들
깡통처럼 내동댕이쳐지는 설익은 화음들

오선이 지워져 가는 음대 앞 골목길
쓰레기 전쟁, 주차 전쟁, 상인들의 스피커 전쟁
밤낮 없이 오선을 이탈하는 경보음의 불협화음
옥타브의 한계를 가볍게 넘어서는 경이로운 우리들의 음치들

낡은 음표 혼탁한 골목
소나기 그치면 사람들은 도돌이표 따라
이리저리 돌아다니고,
악보 없는 나의 공휴일도 즉흥곡으로 끝나가고

평행선

놀이터에 모래성을 쌓던 키 작은 아이가
철봉에 매달린다
눈높이에 싫증이 났을까
더 높은 데 손을 걸친다
발뒤꿈치를 들어야 닿을 수 있는 곳으로
힘차게 뛰어야 쥘 수 있는 높이로
차례로 철봉을 점령하며 공중에서 발을 구르는 아이
가장 높은 계단 아래 서며
스스로 닿을 수 없는 높이를 바라본다
오래도록 그렇게 서 있다가
하냥 웃으며 뒤를 돌아본다
지켜보던 엄마가 달려와 아이를
번쩍 들어올린다

앨범 속의 텅 빈 놀이터
키 큰 아이가 걸어와
높은 철봉에 매달린다
긴 다리 바닥에 닿아 몸을 구를 수 없다
세모래 위 끌린 자국, 평행선을 긋는다

홀로된 깃털은 날지 않는다

무리 지어 하늘을 나는 새들을 본다
오직 이 시간만큼은
홀로 되어
술잔에 쓰디쓴 삶의 미열을 따른다
술병이 빈속을 드러내며 쓰러질 때마다
나는 가슴속에
치기(稚氣)어린 꿈을 침전시킨다

시간의 수레바퀴가 나의 여적(餘滴)에
남기는 평행선이 길어질수록
수레를 끌고 골고다의 언덕을 오르내리던 나는
증오한다, 알코올덩어리의 가벼운 영혼을

무리를 벗어난 새가
비상을 꿈꾸지 않는 것처럼
몽롱한 의식은 어두운 골목으로
떨어져 내리는 한줄기 빛을 쫓아간다

죽음을 엄폐하며 숨어드는 소멸의 시간
푸드득, 깃털의 마지막 숨소리 들린다

시의 초상(肖像)

서울역 광장을 지나
갈월동으로 가는 길목에 들어서면
네온사인 불빛 뒤로 숨으려는 고서점을 발견한다
단란주점의 군락 속에서 서가(書家)는
어느 패망한 왕조의 종묘처럼
수집된 위폐들을 고서인양 쌓아놓고 있다

깊이를 가늠할 수 없는 통로에서
구름 그림자처럼 엄습해오는 불안은
지난날 양서의 고문실에 갇혀 떨었던
공포와 흡사하다
폐기처분 직전인 수인들,
마른 먼지를 흘리며
심문을 기다리듯 고문관의 숨소리를 노려보고 있다
누더기를 입고도 명패를 내리지 않는 너는
아직도 갈피를 끼워줄 누군가를 기다리느냐
수인번호를 달고 과거의 향수에 그을린 자를 따라간
사형수의 빈자리를 보라
한때는 시대의 증언자로 군림했을 영광도
퇴락한 법정에서는 위증으로 시대를 거역하고,
통로의 끝,
독재자의 감시를 피해 불빛을 거부하며
주문으로 외웠던 혁명!
너마저 포승줄에 묶인 무더기무더기 전집들 속에서
미동은 외침도 없이 메말라 있다

남해금산

떠나올 때 앓았던 갈증은
벼랑 끝 낯선 바위에 매달리다
산세에 홀린 운무를 따라
허물처럼 벗겨진다, 날아가다

물마루에 부표처럼 떠오른
무채색 달 한 점
물질하는 여자의 손을 빌어 여백을 채우다
투정은 가라앉고
손을 뻗는다, 털어내다

해조음(海潮音)에 취한 등대는
늙은 모래톱에 그늘진 발자국을 지우다
돌섬에 기대어 잠들다
파래를 뒤집어쓴 해송 사이를
유성처럼 지나치던 배우는
포구에 올라
배역(配役)을 버린다, 어부가 되다

어둠이 출항하는 아침이 오면
노를 든 낙도 하나
수면 위로 떠오른다

귀어(歸魚)

떠나기 위해 떠난다

도시의 소음이 따라오는 철로를 피해
몰래 접어든 18번 국도는
도로번호 없는 안개주의지역으로 질주한다

속도를 높이시오!

우연의 목적지는
땅
끝
해안선은 파도를 밀어내고 있다

은초록 바다에 금간 포구,
집어등(集魚燈)이 잠든 어선들은 방조림(防潮林)을 이루고
선착장에 널린 그물에는 마른 생선처럼
어부들만 걸려 있다
유년시절의 기억들이 널린 덕장에서
젊은 어부는 낚시바늘을 손질하지만
곳마다 외인낚시금지구역

도로 끝, 돌아가시오!

미처 손질하지 못한 그물을 품은
달빛은,
떠나기 위해 떠난다

달은 폐허

철교 위에서 되밟아보는 달빛 그림자
십량 열차가 달려갈 때마다, 기억은
아마도 그때가 좋았지
숯검댕이 아이들이 논두렁을 달리며 돌리던
깡통 구멍에서는
끈적끈적한 송진이
활활 타올라 둥글게 굴러갔지
어쩌다 불어온 이국의 바람에
사방으로 불티 날아오르면
밤하늘에 번지는 유성들의 불놀이
일제히 하늘 향해 오줌을 지리던
우리들 대보름,
아마도 그때가 좋았지
저기 강을 건너오는 무량 열차에
그 시절 남몰래 엎어놓은 절구통을 달고
수수밥을 달고
성장을 향한 가벼운 함성마저 달면
쓸쓸한 어둠의 통로를 빠져나와
중심에서 기울어지는 달
수몰되는 철교 위에서
그래도 그때가 좋았지

아이야, 거기 그대로

바닥을 기어다니며 옹알이하던 아이가
갑자기 일어서 버렸다
제사 준비에 바빠 흩어져 있던
사람들이 서커스라도 보려는 듯 몰려든다
영문을 모르는 아이는 놀라 쓰러지고
어른들은 다시 한 번 서 보라며 아이처럼 보챈다
아이는 다시 선다
(환호성!)
아이는 주저앉는다
(환호성!)
아이는 오뚜기처럼 자꾸 서려고 한다
쓰러진다쓰러진다쓰러진다
아이의 첫 걸음마를 지켜보는
먼저 선 사람들
결국에는 아이도 영정의 사진처럼
걸음을 멈추고 말 것임을,

아이야,
기다리렴
나중 나중에 일어서도 돼

북아현동엔 우회로가 없다

입간판 형광빛이 술렁이는 은행과 수술실 불이 꺼지지 않는 성형외과 사이로 난 좁은 길을 지날 때면 나는 깜박거리는 하반신을 달래야 한다 중심을 잃은 시대의 흐린 불빛 사이에서 똑바로 걷지 못하는 걸음걸이가 싫지만 북아현동엔 우회로가 없다 포로수용소의 차가운 복도처럼 빛이 차단된 골목길은 24시간 현금 인출 서비스와 포경수술과 쌍꺼풀수술을 강요하며 가벼운 자들의 염통을 조인다 나도 때로는 활짝 까발리고 싶다 거추장스러운 꺼풀을 잘라내고 당당한 포만감으로 대로를 걷고 싶다 그러나 나의 몸통에 입금된 시간은 잔고가 없다 언제까지나 엉거주춤 길을 걷는 우스꽝스러운 내 발걸음, 그래도 길은 탁 트인 왕복 사차선에 닿아 있고 그 위로 신호등 없는 고가도로가 달리고 있을 것이다

야윈 삶 한 조각
푸른 피 한 모금

산을 오르다 어느 무덤가에 앉아 점심을 먹는다-곡선을 잃어가는 무덤들에는 풀 한 포기 뿌리 내리지 않는다-무덤의 협곡을 지나 차가운 바람이 불어온다-목숨은 가죽처럼 질기다 하지만 어느 날 빈 관도 갖지 못하고 바람처럼 산화될 운명을 모르진 않으리-배고픈 거미처럼 시간이 기워놓은 그물을 던지고 먹이가 걸려들기만을 기다리던 볼품 없이 야윈 삶 한 조각-숱한 갈림길에서 나른한 눈 감으며 돌부리에 채이는 것마저 두려워 다리를 절어온 나는 덤으로 살아왔나-저기 묘비 가진 자들은 죽어서도 잡목들의 침범을 당당하게 저지하고 있는데-꽉 막힌 나의 혈관이 목마르구나-적멸의 시간들로 무뎌져버린 욕망의 샘을 파, 푸른 피 한 모금 떠 마시고 싶어라

소천역(召天驛)

　무임승차한 사람들은 시간 열차의 오차 없는 속도에 몸을 맡긴 채 잠시 안주할 빈 자리를 찾으며 종착역을 선택해야 한다 긴 꿈의 터널이 나오면 숨을 죽이고 전방을 주시하다가 어둠의 끝을 예감할 때마다 빗발치는 두려움에 어깨를 떤다 곡선으로 휘어지는 구간을 지날 때면 산모퉁이 너머에서 간절히 다가올 철도 한 귀퉁이가 유실되어 있기를, 속도감을 잊고 달리는 기관실이 잠시나마 철로에서 탈선하기를 바란다

　침목 위에 드러누운 철로도 가끔은 바퀴의 굴레를 벗어나고 싶은 것일까 태양이 늘어지는 오후가 오면 이음새와 이음새 사이를 조용히 벌리곤 한다 그럴 때마다 열차는 덜커덕 덜커덕 몽환으로 일그러지려는 바퀴의 궤도를 옥죄며 경보음을 울린다

　간이역이 다가오면 영혼만 내리는 사람들은 열차가 다시 출발하기도 전에 안개 속으로 사라져 버리고, 다음 차례를 직감한 사람들은 동정의 시선을 피해 눈을 감는다 그러나 아직 종착역을 깨닫지 못한 사람들은 앞으로 지나야 할 역들을 가늠하며 저무는 황혼을 노려본다

　소천역이 다가오면 열차가 정차하기 전에 흰옷으로 갈아입은 사람들이 자리에서 일어나 출입구 쪽으로 걸어간다 그들의 무거운 뒷모습을 바라보는 사람들, 열차가 무심코 역을 지나쳐 쉬지 않고 달려주기를 기도한다 자궁으로부터 출발할 때 어린 영혼의 동승을 몰랐던 것처럼

마제석기(磨製石器)

도시에서 등에 지고 온
등걸을 부리고
백담사 계곡에 발을 담근다

누워버려라

구르다 구르다 껍질 벗는
암석의 알몸으로 누우라 한다
산은,

여울에 솔잎처럼 떠가는
외마디 기억들
흐르다 물굴을 파고 들어앉는다
산에서 산으로
솔을 털고 안개비 휘돌아친다
산사 처마 끝
물방울 맺히는 소리

그만 누워버려라

가려운 삶의 부스럼을 털어내고

산모퉁이 돌아나가는
물길의 발림으로 누우라 한다

산은,

산행을 끝내고 내려서는 길
산자락 어디쯤
미운털로 박힐까 보다

둥지

샛별 아래 십자탑
도시의 어둠을 끄면
인공의 잡목숲을 깨치며 불어오는
이슬바람을 맞으며
그 사람,
산유화 맑은 시비 앞에 서다

골목으로 숨어드는 밤의 덜미를
바삐 잡아올리는
아파트 건설 현장의 기중기들
숨죽인다

산 능선을 박차고
동편 하늘에 떠오른 은비늘

푸드득,

전신주 어디쯤에서
팽팽하게 일어서는 시장기를 물고
비둘기 떼는 금빛 물드는
도심으로 날아간다

깃 움튼 그 사람,
아침 식탁을 접고
전자광고탑을 기어오른다

편지

오후 2시면 우체부가 골목을 지나가고
나는 종종걸음으로 우체통을 열어본다
오늘도 내게로 온 편지는 없다
대신 주인을 잃은 편지들만 가득하다
언제인가 이곳에 살았을 사람들의
수신을 요구하는 미개봉 물체들,
영원히 열리지 않을 의문들
나는 우체통을 말끔히 비우며
체증을 앓는다, 비대해진 머리를 지운다
어디론가 떠나간 수신자들이
결코 이곳으로 반려되는 일이 없는 것처럼
나는 고대하고 있다
누군가에 의해 버려지고 있을
지난날의 부끄러운 이름과 말소를 바라던
가벼운 삶의 기록을 향해
지금은 나 스스로
아무런 아쉬움도 발신하지 않는 것처럼

바퀴

가끔은 가벼운 지갑을 털어내다가 세 장의 사진을 발견한다 가볍지만 두터울 수 있었던 삼십여 년의 시간들이 그 사진 더께만큼 잠들어 있다

I

배경은 흑백이고 나는 칼라다 빡빡 민 머리통 너머로 초가집이 보이고 나는 밑이 훤히 뚫린 빨간 줄무늬 내복을 입고선 작은아버지가 소나무를 깎아 만들어준 세발구루마를 타고 있다 나는 표정 없는 렌즈를 물끄러미 들여다보고 있다 사진 찍은 사람이 누군지 기억되지 않는 이유이다

－그 시절 작은아버지는 산길을 두 시간여 걸어서 중학교에 다니고 있었어 잘 닦인 신작로가 있었지만 그는 졸업할 때까지 자전거의 행렬 속에 들어갈 수 없었던 거야 산 속으로 난 수많은 산길들은 아마 그가 그어놓은 예비 사선(死線)들이었겠지 멀리서 보면 가시덤불일 뿐인 산 속에 지름길이 셀 수 없을 만큼 많다는 걸 먼 훗날에서야 알았지 뭐야

II

해송(海松) 가지를 타고 앉아 있다 왼손은 자전거 핸들에 팔짱을 끼고 오른손은 하늘 높이 치켜든 채 다시 재생된 적이 없었을 하얀 웃음을 벌리고 있다 머리가 짧아 광대뼈가 툭 불

거져 있다 1986. 10. 2. 붉게 찍힌 날짜가 생생하다

−등굣길에 친구와 함께 처음으로 빠구리를 친 날이야 야산 풀
섶 어딘가에 책가방을 팽개치고 바닷가를 향해 페달을 밟았지
훔친 아버지의 자전거였어 우리는 모래사장을 미친 듯이 달리
다 지쳐 해송 그늘을 깔고 누웠는데 그 때 친구가 주머니에서
사진기를 꺼내는 거야 사람의 눈동자보다도 작은 렌즈는 처음
보았지 나는 멋진 포즈를 잡기 위해 해송을 타고 오른 거 같아
나는 작두 위에서 춤을 추는 무녀처럼 나무타기에는 선수였거
든 그 높은 가지 위까지 어떻게 자전거를 끌고 올라갔는지 그
사진기의 보일 듯 말 듯한 렌즈에게나 물어봐야 할 거야 얼마
지나지 않아 중학교를 졸업하고 도시로 유학을 떠났을 때는
높은 것만 봐도 으스스했으니까

Ⅲ

렌즈가 흔들렸을까 길거리에서 연체동물처럼 다리를 벌리
고 퍼질러앉은 남자의 옆얼굴은 몽롱해 보인다 풀어진 고개
를 가누기 힘들었는지 오른손으로 턱을 괴고 있다 머리에는
빨간색 야구모자를 거꾸로 돌려쓰고 있다 남자의 등 뒤에 늘
어선 가로수들이 어둠 속으로 빨려들어가고 있고 희미하게나
마 한 대의 자전거가 가로수 하나에 기대 서 있다 나 맞아? 사
진 뒤편에 휘갈겨진 글자들이 나를 증명하고 있다 92년, 군입
대 전날

−맞아 그 날로 기억해, 그렇게 들었지 2차로 이어진 환송회에
서 마신 술이 내 의식을 모조리 지워버린 상태였나 봐 다행이

었는지도 몰라 군대에 가는데 의식 같은 게 무슨 소용이 있었겠어 깡통 속에 잔밥이 가득한 것만으로도 족했겠지 여하튼 그렇게 렌즈에서 시선을 피한 채 찍히기 전까지 한바탕 주정을 벌였나 봐 난 지금도 내가 아닌 누군가가 나를 흉내낸 것처럼 보여 그 흉내라는 것도 그렇지 글쎄 비틀거리며 길을 걷다가 가로수에 쇠사슬로 묶여 있는 자전거를 보고 마구 욕설을 퍼붓더라나 그리고선 쇠사슬을 입으로 물어뜯고 나무에 발길질을 하고 액션 영화를 찍은 거지 이제 그 한 장면이야 결국은 포기하고 말았지 자물쇠가 채워진 자전거만 보면 훔쳐 타고 싶어 사타구니가 간지러운 건 지금도 마찬가지지만

　얇아지는 지갑이 가벼워 부담스럽다 사진 한 장이 더 필요한 때, 나는 두 발 자전거를 타고 싶다……다시 중심 잡는 나의 모습을 누군가 증명해 줄 수 있다면,

다섯

비암호(非暗號)

낯설지만 매혹적인 기호들
수수께끼처럼
헝클어진 의문들
한 올 한 올 해독하며
눈물 떨굴 때
불꽃처럼 소멸하는 붉은 언어들

반라(半裸)의 유혹

　굴피나무는 침실에서 우울하게 늙어가고 있다 단 한 번의 성공을 위해 나무는 습관처럼 눈의 숨통을 닫는다 실패로 덧난 상처에서 웃자란 가지들이 때론 푸른 이파리를 흔들며 자유를 거부하기도 한다 나무는 그때마다 붉은 수액을 토해낸다 그리곤 더 깊이, 더 가혹하게 자해한다 그 죽음 연습의 가장 유력한 공범은 비밀스런 의식처럼 새로 돋아난 가지의 길이만큼 유서를 쓴다 순간, 나는 위험하다 껍질 벗은 나무를 소녀처럼 희롱하고 싶다 하지만 나무는 껍질을 벗기 전에 언젠가 싹 틀 새로운 가지를 예감하며 깊은 잠 속으로 빠져든다

나는 꿈속에서
허리 부러진 나무의 껍질을 벗기고
점점 굳어가는 유전자를 엿본다

수혈이 그리운 이유

피가 모자라요! 흡혈하던 주사기가 뽑힌다
나의 팔은 실험용 누드쥐처럼 창백하거나 빛깔이 없다
익명으로 걸어가다 '재수 없게' 걸려든 헌혈!
그마저 피가 모자라 착취당한 건 절반이다

나는 머물러야 할 것들을 지나쳐왔다

헌혈차만 보면 고개를 돌리고
화사한 봄꽃들만 보면 빈약한 언어를 잿빛으로 위장한다
봄이 오면
나의 세상은 온통 휘청거리는 빈혈투성이다

나이테 그림

　나이테가 없다 살아있다는 증거가 없다 추상화처럼 살아온 날을 내가 가진 빈약한 수사들로 가름할 수 있을까 도시의 늪지에서 나는 환경호르몬에 중독된 벌레들을 만난다 벌레들은 교묘한 보호색을 띠고 낯선 시선을 유혹한다 나는 보호색에 익숙하지 않다 변태할 수 없거나 쉽게 발각된다 누구에게나 편리하게 정복되는 나의 색깔들, 오히려 눈에 띄지 않는 보호색인지도 모른다 나를 해부하고 싶다 몸의 일부를 표본으로 떼어 현미경으로 관찰하고 싶다 수술칼처럼 섬세한 눈으로 나를 감정하고 싶다 초상화가의 손을 빌려 나의 나이테를 그리고 싶다 소나무의 그루터기처럼 잘려나가도 선명한 무늬로 내부를 드러낼 수 있다면,

청동 종소리

나는 헝클어지는 바람을 맞으며 감포가도를 달린다
귓속으로 청동 종소리 불어와 빙빙 맴돈다
동쪽 포구에 피항하던 어부들이 다급하게 소리친다
파도가 울고 있다고

나는 모래알처럼 풍화된 몽근 시간들을 밟는다
종소리 밀려들 때마다 나의 발자국들 소스라친다

갈매기 한 마리가 바다 위를 부유하다
공중으로 솟구친다
마음속의 젖은 날갯짓 공중에 다다르지 못하고
날개를 다친 새는
검은 구름이 두러누운 수평선으로 침전한다
나는 추락하는 새의 메마른 눈을 외면하고자 한다

나는 모래 위의 발자국을 거둬들이며 감은사로 회항한다
등 뒤에서 다그쳐오는 참회의 실오라기 한 가닥
석탑 위에 기대선 사내의 날개에 붙는다
맞은편 탑신에 올라 잠들어 있던 한 마리 흰새
사내를 노려보며 날개를 파닥인다

사내는 웅웅거리며 꺾인 날개를 들어올린다

도시는 달빛을 꿈꾼다

태양은 지평선 끝자락에 머물러 노곤한 몸을 눕힌다 노을에 층층의 무게로 깔린 삶의 잔해가 수평으로만 보이는 굴절된 시간들

숨, 죽인, 다

찰칵, 카메라 렌즈 안에 갇히는 남녀, 등 뒤에 짊어진 한 시대의 풍광이 야한 탓일까, 여자는 녹슨 철조망에 기대어 수줍어 있다 그들이 떠나고 인화된 추억도 도시 저편으로 기운다

용산 어디쯤에서 방역차가 달리고 투명한 구름이 피어올라 오래된 건물을 태우고 가로수를 태우고 그 뒤를 쫓는 아이들 대신 자동차들의 퇴근 행렬이 흐른다 강변의 가로등은 서편 노을을 몰아가며 일제히 예광탄을 쏜다

도시는 설익은 어둠을 완전히 소등한다

의무처럼 떠오른 만월은 무색하다 눈썹을 지운 달빛의 뜨거운 팽창도 인공의 가시광선 앞에서는 왜소한 무언극일 뿐, 후각을 상실한 도시인들은 궤도를 벗어나는 위성의 향수를 맡지 않는다

전자광고탑 아래 무덤처럼 쓰러졌던 한 남자가 소월길을 지나 외진 산길로 걸어간다 남자는 동굴 앞에서 더 깊은 동굴이 되고 투명한 달빛 그림자, 동굴 속으로 들어간다

시간의 플롯

⋯⋯구부러진 결을 따라 시간의 무늬를 새긴다⋯⋯시간이란 아름드리 고목의 왜소한 잔가지에 지나지 않아 이파리가 무성한 계절에는 등걸의 모습을 잃어버린다⋯⋯거센 바람에 쓰러지는 모체를 따라 검은 땅에 떨어지거나 문명의 날카로운 도구에 새파란 곁가지를 잘리곤 한다⋯⋯이처럼 시간이 몰고 오는 운명은 흔들리는 가지 끝에 걸리는 바람의 질량이다⋯⋯결은 거칠고 희미한 선밖에 그리지 못하면서 짙은 갈빛을 목말라 한다⋯⋯시간은 선택할 수 있는 물질이 아니어서 뿌리 곰팡이가 자라고 가지 끝이 부스러져 목재로서 가치를 잃기 전에 제 무늬를 찾으려 한다⋯⋯무늬를 가지는 일은 지금의 무늬를 버리는 작업에서 시작되고 살갗이 깎이는 낯선 단련 과정을 겪어야 한다⋯⋯칼날이 살아온 결을 거스르고 섬세한 몸짓으로 무늬를 칠 때 시간은 빗살이든 격자든 오늬든 살아있는 선을 가질 재목이 된다⋯⋯하지만 잔잔한 결 위에 거친 파문이 일면 평도(平刀)로 겹겹의 껍질을 벗고 다시 무색으로 살아야 한다⋯⋯그 위에 각도 깊은 선이 그어지고 색이 돋아나면 비로소 시간은 기다리던 나이테를 얻는다 여기서부터 시작이다⋯⋯무늬를 얻는 일은 어떤 가치 있는 존재가 되기 위한 하나의 조건일 뿐 숯이 된 시간은 여전히 헐거움,

그림자, 찾다

　그림자, 그는 혹이었다 사람들 시선이 부끄러워 나는 도시의 그늘진 골목으로만 걸어갔다 한낮의 숨바꼭질이 끝나고 태양이 그를 동쪽으로 늘어뜨릴 즈음 나는 골목 모퉁이에 그를 따돌리려 했지만, 다시 해가 뜨면 그는 돌아와 나의 몸에 달라붙어 있었다

　나는 거리의 화가들을 부러워했다
　스스로 채색하며
　존재에 집착하지 않는 그림자

　어느 날 꿈속에서 그를 떼어낸 후 나의 몸은 가벼워졌다 나는 광장으로 나갔다 그림자가 없는 건 나뿐, 광장에 선 사람들에게는 뜨거운 그림자가 자라고 있었다 나는 가장 밝은 빛이 내리쬐는 광장 중앙에 서서 자신의 몸에서 싹틀 새로운 그림자를 상상했다 그러나 빛은 몸을 관통해 바닥으로 흩어져 내렸다

　나는 그림자 없는 몸이 두려웠다
　회색 그림자라도 훔쳐와 자신을 위장하고 싶었다
　지금 나는 낯선 그림자를 얻을 때를 기다리며 빌딩 사이의 짙은 그늘 속에 드리워져 있다

스트레스

어항에는 탈색된 열대어가 살았고
세척한 먹이와 정화된 산소만을 입질하던 열대어는
밖에서 날아온 파리 한 마리 물위에 떨어지자
몸이 뒤집힌 채 수면 위로 떠올랐고
나는 폐사한 아가미를 건져내고 어항을 깼고

공기중의 물고기가 되었고

사람들은 나를 '無情保菌者'라 부르고
무균질 물을 마시고
무균질 밥을 먹고
무균질 술을 마시고
정사각형 집에서
정사각형 방에서
정사각형 모니터에
반듯하게 나의 알몸을 쓰고

다시 하얗게 질린 시간 속으로 파리 하나 떨어지고
나의 아가미 막혀오고,

흐르는 길을 거슬러

시공(時空) 밖으로 유체이탈한 도시 공간에서
긴 유영을 끝냈을 때 그는 망막을 찌르며
몸 속에 틈입한 붉은 산소 박동들은
화학원소기호처럼 외우고 있었다
복제된 그는 성장 시계에 충전된 에너지를 비워내고
열등한 남자가 되었다
그가 산소마스크를 쓰고 강가에 섰을 때
자율신경 너머로 보이는 강물은
변하지 않는 것은 없다, 라는 진리처럼
시간의 해독(解讀)을 멈추고
거칠게 한 방향으로만 흐르고 있었다
그가 강을 열고 들어가 숨을 그치자
양수 비릿한 태고의 두근거림이 배꼽을 타고
아득하게 울리는 동굴에서는
무기호흡이 생산되기 시작했다
시간이 고이고 과거로 거슬러 흐르면
그는 다시 동굴 밖으로 걸어나와
붉은 산소 박동을 흡입할 것이다

철새

강에서 촛불을 켜고 무뎌진 손바닥을 갈며
소원을 비는 철 지난 사람들은
지난한 세월에 무엇이 아쉬워 또 하나의
생명을 방사하고 있는 것일까
강가에는 멀리 떠나지 못하고 얼어죽은
어린 물고기들이 풍장을 기다리고 있고
쫓기듯 나침반 없는 유람선에 오른 나는
한강대교 아래에서
무참하게 쏟아지는 기억의 유탄을 맞는다

나의 새파란 심장을 뚫고 들어오는
육중한 다리 기둥 뒤
밤섬이 국경을 넘어온 철새들의 둥지를 틀고 있다
한 계절이 미처 싹트기도 전에
떠나갈 철새들은 푸르륵 젖은 날개를 턴다
이 계절이 지나도 항로를 바꿀 리 없는
유람선의 단조로운 습성을 비웃듯
갈매기 한 마리 첨벙, 공중으로 뛰어든다
선미에서 잊었던 날개를 펴보지만
거대한 유람선은 바다를 등지고 회항한다

서쪽 하늘은
아득하다
귀로(歸路)를 금 긋는 새떼 구름들

미아 찾기

　강아지를 찾습니다–사례금 백만 원–잃어버린 당시 모습, 털이 많고 눈망울 초롱초롱하다–미용 후 2개월된 모습, 소파 위에서 재롱을 부린다–미용 후 5개월 이후 모습, 다시 털이 수북히 자란 꼬리를 흔든다–이름, 하늘–품종, 슈나이저–성별, 수컷–나이, 3세–체중, 6~6.5kg–특징, 흰색과 검정색이 섞여 있다. 등에는 작은 반점이 있고 눈썹과 수염이 길며 꼬리가 김. 몸집은 약간 큰 편임–털의 모양이 사진과 달라졌을 가능성이 있음–위의 강아지를 보셨거나 소재를 알고 계신 분은 주인이 애타게 찾고 있으니 '꼭' 연락 바랍니다. 사례는 '꼭' 하겠습니다

　전봇대에 붙어 있는 전단을 뜯어 '강아지'를 지우고, 나를 쓴다–시인을 찾습니다. 사례는 '꼭' 하겠습니다–돌아서면 길모퉁이마다 서 있는 길 잃은 전봇대

투고(投稿)

직사각형의 빈 컨테이너 박스에는 신촌 쪽으로 쪽창 하나가 천장 아래 거미줄처럼 매달려 있다–이사 온 후 한 번도 그 창문을 열어보지 않았다–부패한 책들이 풍기는 곰팡이 냄새에 시달리던 최근에야 나의 방에도 창문이 있다는 걸 깨달았다–밀폐된 공간에서만 자생하는 박테리아는 내 의식의 변종을 갈구하고 있는 것일까

무언가 창을 두드린다–세상 밖 구호인지도 모른다–다시 두드린다, 스쳐가는 새들의 그림자인지도 모른다, 낯선 두드림이 계속되고, 나는 살갗에 이는 원시의 공명을 듣는다–부끄러움, 미약한 존재의 무조건반응에 끈적하게 달라붙는 쓴 웃음, 알 수 없는 떨림이다–열릴 수 있는 것들은 한 번쯤은 환하게 열리고 싶은 것일 게다–들린다–투명한 공기의 거친 숨소리가 나의 심장을 뚫는다–창문을 열면 문명의 빛으로 모자이크된 나의 두 번째 영혼이 보인다–익숙해질–나는 창 밖으로 냄새나는 책들을 버린다

몽정으로서 부화

　냉장고에는 사육된 그가 있다 빈 가방을 무겁게 매고 다니던 학교 옆으로는 어디로 흘러가는지도 모를 검은 강이 흰 거품을 생산하고 있었다 강 건너에는 낡은 슬레이트 지붕들이 틈새 없이 포개져 있었고 그 밑으로는 그 또래의 소녀들이 바쁘게 드나들었다 사람들은 그들을 공순이라고 말했지만 그에게는 밤마다 신비로운 몽정이었다 야간 자율학습 시간이 되면 그는, 교실 창문에 비친 공장의 음습한 불빛으로 곤두박질치곤 했다 어쩌다 교실을 빠져나간 의식의 파편은 강을 건너다 익사를 반복하면서도 공장 소녀들의 붉은 볼을 훔쳐보았다

　어느 날 그는 날카로운 유리조각이 박힌 학교 담을 쉽게, 넘어버렸다 강은 깊지 않았다 회색 지대 가까이 다가갈수록 투명해지는 건물들을 보며 그는 처음으로 낯설게 일어서는 성욕을 느꼈다 공장은 거대한 비닐 하우스였다 그 안으로 닭으로 가장한 소녀들이 집단으로 사육되고 있었다(똑같이) 색깔 없는 사료를 쪼고 있는 그들을 과열된 전등이(똑같이) 24시간 졸지 않고 쪼아대고 있었다 소녀들은 여린 가랑이에서 튀어나오는 무정란들을 품지 않았다 차가운 피의 목격, 그 후부터 그는 냉장고 가득 달걀을 모으기 시작했다 알 속에 갇힌 시간들의 붉은 부화를 꿈꾸며,

태풍 제29호 '童心'

그의 파란 눈에는 대륙을 가로지르는 바람이 불지 않는다—
바다의 수평 위에서 파르르 몸을 떠는 시간의 가느다란 선—
부유함을 질시했던 어린 시절 춘궁기로부터—참담하게 비어
있는 이상(理想)의 가을을 거둬들여야 하는—이십대 후반의
중심기압에 이르기까지 그는 노래했다—지칠 줄 모르는 젊음
의 파동을, 혹독한 시행 착오의 파고를.

방향키를 고정시킨 풍향계는 그의 불순한 상륙을 가리키고
있다—불어라 바람아, 한바탕 육지의 흰 살결을 쓸어버려라—
도박으로 얼룩진 참회의 물집을 터뜨리고—돛을 달아 바다에
띄워놓았던 무수한 동심의 자위적 침몰을 모래밭으로 끌어낸
다면—동풍을 다시 그리움으로 간직하리—불어라, 바람아, 세
상 모든 소멸이 시작되는 적도(赤道)에서.

누수

　미궁에 침전되어 있던 물방울들이 탯줄에서 벗어나듯 싹둑
싹둑 살점으로 떨어져 내린다–미로처럼 이어진 파이프를 따
라와 입을 다물었던 수도꼭지–이제는 흐르지 않는 강에 담수
되었던 모태의 증거들 흘려내야 할 이유가 있나보다–꼭지를
틀면 쏟아져나올 지난 세기 공동취수장 퇴적물들을 누수를
빌미로 찔끔거리는 뻔뻔한 입술은 핑크빛 도금–때로는 입술
에 밀착하는 낯선 유혹들(성적 노리개가 되는 삼류 언어라 해
도 좋다) 사이에서 날름거리던 혀의 끈끈한 배설을, 이제 그만
잠가주세요!–물방울들이 하수구로 미끄러진다–나의 분해된
언어들이 다시 돌아갈 곳은 지난 시간들이 고여 있는 강 하구
다

나를 훔쳐가라

  방 밖에 갇힌 나는 밤 공기의 적막한 포효에 떨고 있다 자물쇠는 모든 의사소통이 금지된 독방의 간수처럼 과묵하게 잠겨 있다 서른 해 문턱을 드나들면서 모아온 일상의 도구들이 저기 방안에서 나의 손길을 기다리고 있을 텐데, 지금 나는 열쇠를 잃어버렸다

  전신주 아래 떨어진 고압통처럼 찌그러지는 나의 닫힌 몸, 열쇠가 필요 없는 것들마저 자물쇠를 채우던 지난날의 습관들이 이제는 나를 통째로 가두고 있다

  기다린다 자물쇠가 완전히 부식되는 날 누구나 나의 방에 들어와 잠들 수 있기를, 아무나 나의 익숙한 도구들을 훔쳐갈 수 있기를 뒤늦게 열망하며.

스페이스바

손 끝에 와 닿는 글쇠들은
저마다 어울리는 이름을 갖고 있지만
우리들의 엄지를 지탱하는 스페이스바,
당신의얼굴엔이름이없다

길게 누운 당신의 육신에서

스페이스바, 당신의삶엔띄어쓰기가없다
목마른 기침 소리 새벽 이슬 맞으러
방문을 열고 나가면
어둠을 끌고 와서야 다시 방문을 받는 손

－스페이스바를 눌러야 해요
－왜지?
－법칙이랍니다
－그게 어디 있어?
－잘 보세요, 비어 있는 곳을
－지랄, 아무 것도 안 써 있잖아, 누가 지운 거야?

단축키와 어지러운 자모의 글쇠 사이
뭉툭한 엄지들, 스페이스바를 지나친다

은어떼는 돌아오지 않네

생까다 야리다 꼬라보다 갈구다 좃나 짱 맞장까다 후까시 앵버리 사발·야불 총잡이 짱발났다—표준어 규정(문교부고시 제88-2호) 제1부 표준어 사정 원칙 제1장 총칙 제1항 표준어 는 교양 있는 사람들이 두루 쓰는 현대 서울말로 정함을 원칙 으로 한다 제2항 외래어는 따로 사정한다—뽀리다 쫌밥·좃밥 날밤 까다 빽가리 미주가리 양아치 빠순이 복고맨 좁쌀이 범 생 등생 날라리 중딩·고딩 삐꾸 천재 양아 수술대 왕따 전따 은따 야리·DB·만두·발대·떡·빵 따가리 짜가·짝퉁 삐끼 깔따구 깔대기 콩까다 반콩 걸레·후다·콩녀 콩맨·콩돌이 아다·생아 다 깔식 486 코 접시 쪼가리 딸딸이—제1부 3장 3절 방언 제3 절 방언 제24항 방언이던 단어가 널리 쓰이게 됨에 따라 표준 어이던 단어가 안 쓰이게 된 것은, 방언이던 단어를 표준어로 삼는다—낭낭 샷가시 뽀뽀뽀·노루표 후달려 뻑사리 짭세·짜바 리·곰 삥뜯다 짱먹어 쪽팔리다 떴다 구리다 닭대가리 짜져 빡 돌다 단란 당근 까댄다 만두집 X먹다 얄따구리 뒷땅까다 칼 빵 부가 뽀대기 가스 빤다 씨세지 쪼개다 띠곱냐 따순이 말씹 다 야마 돈다 식후 땡 길야리 밟다 뽀루 화장 담배빵 왕사발 삐까삐까 비방 걸레 완빵

먼 과거로부터 이 시대는 황금빛 파편들이 강물을 따라 회 유하는 장면을 목격해왔다 눈부신 은어떼의 이동로를 따라 많은 수행자들이 여행을 떠나기도 했다 그들이 돌아올 것을 믿었고 돌아오고야 말았다 그러나 지금은 바다에 나가 자란 치어들이 모천으로 거슬러 올라오지 않는다 은어떼는 꼬리지

느러미 세차게 흔들며 낯선 심해로 나아간다 아주 가끔 물살
의 갈퀴에 할퀸 은어들이 되돌아와 얕은 강가에 눕지만 가파
른 물길 속으로 은어알 달아난다

매미에 관한 삽화적 우화

대기의 불기둥이 습한 땅의 막을 두드린다
꿈틀, 틈을 찾아 꿈틀, 부스러지는 퇴적층
―나는 벌레, 또는 하등 동물 따위다
어둠의 연한 피부 밖으로 모래알갱이들을 밀어낸다
뚫린 구멍을 파고드는 빛의 끈적한 방사
나는 7년 동안의 고독을 끝내고
대지의 껍질을 벗어낼 나무를 찾는다
속도 없는 일탈의 끝, 그 비탈진 곳이
위대한 탄생의 신화가 시작되는 꼭지점이다
―기억한다, 겹겹이 쌓이는 뼛가루의 사막을
그리고 벌레에게 주어진 시간은 정지한다
반투명한 등이 갈라지면
넓어지는 틈 사이로 여린 가슴이 숨을 내밀고
꽃처럼 화려하게 피어나는 날개
―난 아직 울 줄 모른다
나무에 거꾸로 매달린 채
탈피된 껍질을 붙잡고
새 뼈들을 빼낸다
―나는 새로운 세계로 등선(登仙)할 수 있을까
은백색의 날개를 편다, 서서히
묽은 하늘빛으로 물들던 날개는
젖은 공기의 입자들을 방수할 만큼 단단해진다
햐, 자유다
―나는 혼신의 날기와 울기를 시작한다

최후의 날,
나는 날개를 접고
다시 벗어놓은 껍질로 돌아갈 것,

우울함, 혹은 낯선

몸이 안경 너머에서 눈을 뜬다 불감의 시대를 보내고 남은 시간들이 화석으로 잠든 사이, 진보론자들만 저먼치 앞서 굴러가며 풍화된다

몸은 취조등 아래에서 눈을 감았다 줄줄이 엮여져 나오는 혀끝의 노을, 지평선 아래의 진실들, 지난날의 극본들, 배우들, 조명등이 색조를 잃었을 때,

하늘에는 달을 쏜
비행선이 날고
장지(葬地)를 예약한 시인의
날개가 꺾이다

새로운 지도는 무수한 길을 지우고 지우다 선을 긋는다 선명한 선 아래 잠들어버린 젊은 날의 성감대, 다시 뜨겁게 불타올라 흥건하게 젖고 싶은 우울한 파편들,

서른은.